梅谷百
MOMO UMETANI
上倉家のあやかし同居人
かみ
くら
~見習い鍵守と、
ふしぎの蔵のつくも神~
JN210723

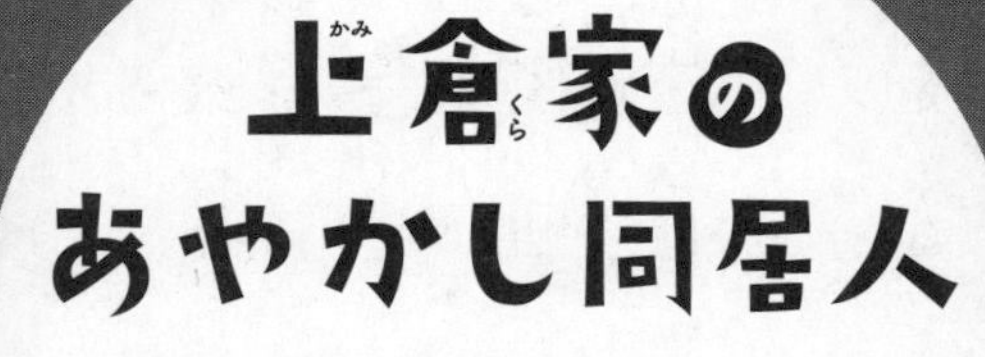

~見習い鍵守と、ふしぎの蔵のつくも神~

梅谷百

MOMO UMETANI

【上倉家の付喪神】

人と共に在り、寄り添い続けた道具たちは、百年以上の年月を経ると命が宿り、手足が生え、人の言葉を理解し己も話すことができるようになる。それらは古来より『付喪神』と呼ばれ、各々性格を持ち、次第に人よりも人らしく振る舞い始める。

その一連の過程は、我が上倉家の蔵の中では特に顕著である。

他家の蔵の中では百年、二百年、さらに時が経っても付喪神に変化しなかった物たちが、我が家の蔵ではいとも容易く目覚め、また、造られて間もない物でも、百年経たずに付喪神に変化した。そしてさらに我が蔵で長い年月を経た付喪神は、いつしか姿も人に似せられるようになり、人型を取っている間は誰からも知覚できるように変化を遂げる。人型を取れない付喪神たちは、上倉家の血を引く者の中でもごく一部の者と、選ばれた者しか知覚することができない。

我が蔵の付喪神たちは、上倉家を主家と定め、熱心に服侍し、尚且つ主に対して随順な物が大半である。初代当主は、付喪神を使役し応仁の戦場で華々しく戦い、三代当主は付喪神とともにこの地を切り拓(ひら)き、結果、五代当主の頃(ころ)には街道一の宿場町と謳(うた)われた。その後の戦禍で町は荒廃したが、付喪神たちの尽力もあり、現在では穏やかな農村地帯へと姿を変えている。

付喪神たちは我が一族のためによく尽くし、よく働き、そしてこの町のためにも、身を粉(こ)にして奉仕した。そんな付喪神たちの主である『鍵守(かぎもり)』の任を負う上倉家は、代々この町の長として町人を取りまとめ、守護し、厄介事があれば率先して解決してきたが、同時に町人の畏怖(いふ)の対象でもあった。この町で悪事を働けば、夜半過ぎに上倉家の遣いで付喪神がやってくる。と今でも町人たちは、己の子供にそう寝物語で語るという。

つまり不可思議な現象を秘めた我が蔵は常に家人の中心にあり、またこの町の中心でもあったのだ。

我が一族は元より『神蔵家(かみくらけ)』と呼ばれたが、いつからか『神』の字を用いることを憚(はばか)り、『蔵』の字も簡略化し、『上倉』と名乗るようになった。

しかしこの町は、我が家の古名の名残(なごり)で、『神蔵町(かみくらちょう)』と今も呼ばれている。

～昭和四十九年　上倉家由緒(ゆいしょ)　上倉国芳(くによし)～

序章　あやかしの棲む蔵

一

——生きているものの匂いがする。

青臭く水分を含んだひんやりとした風が、優しく髪を撫でていくのを、目を閉じたまま感じていた。しばらく夢と現実を彷徨っていたけれど、風が草木を揺らす音が強く響いて、薄ら瞼を押し上げてみる。すると少し開いた障子と障子の隙間に、露草色に染まった遠くの山が、ぼんやりと影のように浮かび上がっていた。あまりに幻想的な世界に感嘆の息を漏らすと、力が抜けて再び睡魔がじわりと世界を侵食する。

微睡の中、草の匂いがさらに強く香る。それは、生きているものの匂い。

そうか、この場所は空気まで生きているのか。

嗅ぎ慣れない匂いは、まだ私には馴染んでいなくて、ここでも自分だけ異質なものだと嫌でも自覚させられる。

折角全部リセットしたのに、同じことの繰り返しになったらと思うと、言葉にできないモヤモヤした不快感が胸の中に充満する。半ば強引に瞼を押し上げたら、青い山影が深い緑へと徐々に色を取り戻していく途中だった。

幻想的な風景が崩れて現実的になってくると、また一日が始まるのを目の当たりにして気が重くなる。できることなら夢も見ず、ただひたすら眠っていたい。

そうだ、やっぱりもう一度眠って、全部忘れよう。

畳の上に敷いた薄い布団の上でごろりと寝返りを打って朝の光に背を向ける。

眠りたいのに、屋根の上に鳥がいるのか忙しなく鳴き始めた。

ああ、うるさい。暑かったけれどタオル地のブランケットを頭まで被っていると、あろうことか、ゲロゲロとカエルの声が追い打ちをかけるように床下から響き出した。

そして極め付きに、ふくらはぎが痒い。横になったまま体を折りたたんで手を伸ばし、ぼりぼり掻いてみるけれど、痒みはさらに増していく。

「……刺された」

はあ、と溜息を吐いた途端、どうしようもなく朝が始まってしまった。

「結花。蔵に蚊帳があると思うよ」

お父さんは、引っ越してきた時のまま開けていないダンボール箱をいくつかひっくり返して、虫刺されに効く軟膏を探し出してくれた。よく見たらふくらはぎだけでなく、足の甲や脛も五か所ほど刺されて赤く腫れている。昨日の夜、暑さに負けて少しだけ障子を開けて寝たら、朝には酷い有り様だった。

「蚊帳？　蔵にあるの？」

「うん、父さんが子供の頃に使っていたよ。蚊帳は古典的だけど一番効果があるね」

「ふうん。探してみる。お父さんの分もあればいいけど……」

「多分、麻里が使っていたのもあったはずだから、二つあると思うよ」

麻里というのは、お父さんの妹。つまり私のおばさん。底抜けに明るくて、いつも元気だった麻里さんが、心筋梗塞で急逝したのは、半年前の冬の日。

「こうも暑いと、近い内にエアコンを取り付けたいね。えっと、蔵の鍵は……」

お父さんは別のダンボール箱をひっくり返して、古ぼけた茶色の鍵を捜し出した。それは小指くらいの長さで、ただの棒にでっぱりが少し付いたような、合鍵が簡単に作れそうなものだった。

「結花に蔵の鍵を預けておくよ。一つしかないから大事にね」

「うん、ありがとう。失くさないように気を付けるね」

「まあ、失くなっても蔵には大した物は入ってないからいいんだけどね。ついでに掃除してくれると助かるよ。蔵の中の物は、結花がいらないと思ったら、捨てても、どうしてくれても構わないから。おっと、こんな時間！　じゃあ父さんは仕事に行くよ」

柱にかかっていた大きな時計が、朝の七時半を指している。お父さんがバタバタと慌ただしく家を出て行くと、急に家の中がしんと静まり返った。車が走る音も、人のざわめきも何も聞こえず、風が木々を揺らす音が時折響くだけ。それもそのはず、この家は小高い丘の上にぽつんとあって、周囲に家はない。

「よし。まずは片づけよう」

このままだとずっとぼんやりして、自堕落な生活を送ってしまいそうだ。ご飯を食べていた居間を立ち上がり、隣にあるキッチンの流し台にお皿を置いた。

東京にいた時はシステムキッチンだったのに、この家のキッチンはまるで昭和時代にタイムスリップしたみたいだ。取って付けたかのように小さくて、水道は小学校にありそうな、古いタイプのひねる形状のもので、今時キッチンで見たことがない。東京にいた時は、取っ手を上げると簡単に水が出るものだった。お湯専用の蛇口(じゃぐち)もあるけれど、ひねってからしばらく時間が経たないとお湯にならないのがまた辛(つら)い。

東京での生活がどれだけ楽だったか、よくわかった。でも昭和のキッチンならまだいいほうだ。ちらりと横を見ると、土間(どま)といくつかの竈(かまど)があった。

ここは、お父さんと麻里さんの実家である、上倉家。

お父さんは大学入学と共に家を出て、東京でお母(かあ)さんと知り合って結婚した。

長男であるお父さんは上倉家の跡継ぎだったけれど、お母さんが二十代のはじめにガンを発症し入退院を繰り返していたから、小さな診療所しかない神蔵町に戻ることはなく、東京に残った。だから妹の麻里さんがこの家を継ぐ形で、おじいちゃんとおばあちゃんが亡くなった後、一人でずっと住んでいた。

お母さんは発症してから何度も手術をして治療していたけれど、別の場所に転移を繰り返し、結局二年前の私が十四歳の秋に、病に勝てずに亡くなった。

その頃はまだ麻里さんも元気だったし東京に留(とど)まった。でも半年前に麻里さんまで急逝して、お父さんは神蔵町に戻るかどうか悩んでいたようだったけれど、麻里さんの葬儀が終わってしばらく経ってから、ぽつりと言った。

──東京を、出ようか。そのほうが結花にとってもいいかもしれない。

途端に、私は崩れるように泣いた。

一言もお父さんに肝心なことを言えなかったけれど、今思えば、全部見透かしていたんだろう。でも私を問い詰めるようなことはせず、ただ東京を出ようか、と言ってくれたお父さんには、本当に感謝している。

そうして私はお父さんと一緒に、神蔵町で生活することを決めた。中・高一貫教育だったからか、入ったばかりの高校だから惜しい、という意識もなく、踏ん切りもつけやすかった。何より、私の居場所は東京のどこにもなかったから。

この町に来て三日経つけれど、東京の友達からは一度も連絡がない。あの子たちにとって私が、友達だったのかそうじゃなかったのかなんて、連絡がないことが何よりの『答え』なんだろう。

ぐっと、洗剤を付けたスポンジを強く握ったせいで、ぼたぼたと泡が落下する。ふう、と息を吐いて手の力を緩め、何度か大きく深呼吸したら徐々に落ち着いた。

とにかく、今までの人生を全部リセットしてもう一度一からやり直したくて、私は高校一年の夏、神蔵町にやって来た。

ちょうど夏休みが始まったばかりで、これから通う予定の高校もまだ行っていないから友達もいない。会話したのはお父さんと、お隣に住んでいる人の好さそうなおじいさんとおばあさんくらい。昨日までは、ご近所さんやお父さんの同級生の人たちがひっきりなしに挨拶(あいさつ)に来たけれど、土日でお父さんがいたからほとんど対応してくれた。今日(きょう)は平日だからか、まだ誰も訪ねて来ていなくて静かだ。

東京での私を知っているのは、お父さんだけ。そう思うと、いつも俯(うつむ)いていた私の顔が、ほんの少し上に向くような気がした。

そんな私の目に飛び込んできたのは、瑞々しく茂った草木の間に覗く、二階建ての白い建物。お皿をすすぎ終えた途端、もぞりと痒みが蘇ってきた。蚊帳があるかないかは、今の私にとって一番の死活問題だ。

二

日が昇るにつれて、蟬の声も大きく響き出した。差し込む日差しも強くなり、じわりと汗が額に滲む。それでも湿気がないせいか、カラッとしていて気持ちがいい。

薄暗い部屋を突っ切り、蔵へ向かう。上倉家は築三百年以上を誇る古い日本家屋だからか、横に広い平屋で、部屋と部屋は襖や障子で遮られているだけ。縁側はあるけれど廊下はなく、部屋が通路を兼ねているのがまだ慣れない。

思い返せば、初めてこの家を訪れたのは、半年前の麻里さんの葬儀の時だった。元々麻里さんは神蔵町の建設会社で設計の仕事をしていた。東京のクライアントとの商談もあって、三か月に一度は私の家に来てくれていたから、こちらからお父さんの実家に帰ることもなかった。

だから半年前のあの日、雪が積もった石段を上がって行くと、目の前に建つ大きな茅葺屋根の家に圧倒された。家の真ん中に黒い木材でできた門があり、両側に部屋があった。でも門を開けた先に玄関や部屋はなく、なぜかさらに庭が広がっていた。困惑していると、お父さんは私を置いてさらにまっすぐ歩いて行く。慌てて追いかけて、ここが家だよね？　と尋ねたら、苦笑したお父さんが、これは家じゃなくてただの門だよ、と言ったのに衝撃を受けた。

よくよく聞けば、門の両側の部屋に、昔は門番や側近が住んでいたらしい。こういう形の門は『長屋門』って言うんだ、とお父さんが教えてくれたけれど、そんな形状の門があることも初めて知った。

長屋門を通り抜けてしばらく鬱蒼とした木々の間を歩いて行くと、ようやく母屋が姿を現した。和風建築の母屋は、まるで教科書に載っていそうな堂々たる風格だった。そんな母屋を取り囲むように、傍には離れがいくつも建っていて、家の全貌を一目で把握するのは難しかった。そこでようやく、お父さんの実家である上倉家は、ものすごく由緒正しい家だったんだと実感した。でもその時はまだここに住むなんて思ってもいなかったし、麻里さんが亡くなったショックで、この家を誰が引き継ぐかなんて、まだ他人事だったけれど。でもそんな中でも一番奥まった場所にある、白壁の二階建ての建物がやけに印象的だった。

サンダルを履いて縁側から庭に降り、腰まで伸びた草を掻き分けて行くと、二階建ての白い蔵の前に出た。壁は漆喰で塗り固められているけれど、二階の窓枠から大きくヒビが入っているのを見て、ちょっとばかり不安になる。蔵の維持について悶々と考えながら扉の前に立つと、大きな南京錠が目に入った。

「開くかな」

お父さんから借りた蔵の鍵をポケットから出し、南京錠に差し込もうとしたけれど、錆びついていて上手く鍵が入らない。

「あーもう、なんで入らないの」

何度も鍵を鍵穴に押し込んでみるけれど、頑固な錆が鍵穴にこびり付いていてびくともしない。どうしよう、諦めてしまおうか。でも蚊帳はどう考えても必要だ。

悪戦苦闘していると、ぶーんと羽音を立てて得体のしれない虫が耳元を掠めていく。驚いて鍵を放り出すと、足元にぽとりと落ちた。どうにも拾う気になれずに、蟬時雨の中、ただ見下ろす。

ああ、イライラする。思った通りにならない。全部不便で、東京とはまるで違う。こんなところ、嫌だ。

急に鼻の奥がつんと痛くなり、視界がじわりと滲んで、思わず空を仰ぐ。

すると二階建ての白い蔵が、伸し掛かるように立っていた。

青い空と、蔵の白の美しい対比を見ながら、胸を大きく撫でおろして息を吐く。

考えよう。東京の便利さと比べて、思い通りにならないからって、簡単に諦めたら駄目。

そういえば、と、ポニーテールの後れ毛を留めていたピンを外して、その先で南京錠の錆をガリガリ掻き出した。すると案外簡単に錆が剝がれてくる。いつから開けていないんだろう。こんな酷い錆、一年二年で発生するとは思えない。

あらかた錆が取れたところで、鍵を拾ってもう一度差し込んで回してみると、カチッと気持ちがいい音がして南京錠が外れた。

やっと開いた。錆を掻き出して鍵を開けただけなのに、清々しい達成感に自然と笑みがこぼれた。それだけでここで暮らしていけそうだなんて思う。単純だな、私。

ギギィと思わず耳を塞ぎたくなるような酷い音を立てて、重たい鉄製の分厚い扉をまず片側だけ引いて開けると、差し込む光が暗い蔵の中の一部を炙り出す。

「うわ、すごい物の量」

壁際一面に棚が設置されていて、箱や袋、剝き出しの状態で置かれている得体のしれない物たちが、ぎゅうぎゅう詰め込まれている。建物の外観から推察すると蔵の中はかなり広いはずなのに、床にも物が積み重なり、足の踏み場もないほどよくわからない物たちで充満していて、実際より狭く感じる。

さらに扉を大きく開けて光を入れると、ようやく奥まで光が差し込んで全貌が明らかになった。右手側は板間になっていて物で溢れ返っていたけれど、左手側は土間なせいか、物がほとんど置かれていない。

中に足を踏み入れると、ひやりとした空気が体を纏った。湿気もほとんどなく涼しいけれど、何だろう少し怖い。明かり取りの小窓が一つあるだけの蔵の中は、昼間なのに薄暗いというのもあるし、ネズミや見たこともないような虫とかがいそうだ。

怖気づいた時、急に派手な音を立てて観音開きの蔵の扉が一気に閉まった。

「ひゃあぁっ」

突然真っ暗になったせいで、驚いてしゃがみ込む。

煩かった蝉の声が一切聞こえなくなり、静寂が私を包んだ。しばらくうずくまっていたけれど、恐る恐る顔を上げてみる。小窓から光が差し込んで来るものの、薄暗くて周りがよく見えず不安が闇と共に伸し掛かってくる。

一体何が起こったんだろう。きっと風で扉が閉まったんだ。うん、絶対そう。大丈夫、大丈夫と、自分に言い聞かせていると、ある違和感に気が付いた。

なぜかいくつもの視線を全身に感じる。この蔵には誰もいないはずなのに……。足先からぞわぞわと悪寒が駆け上るけれど、だからといって容易く辺りを確認できない。

だって誰かが囁いている。静寂の中、聞き逃しそうなほど小さな声でぼそぼそと会話をしているのが確かに聞こえる。

ドッと爆発するように心臓が跳ね上がり、汗がぶわっと額に浮くのを感じた。囁く声が、自分の鼓動で掻き消される。でも『何か』が複数いる気配は消えてくれない。

しゃがみ込んだまま、ひたすらどうやって蔵から脱出するかだけを考えていた時、私の足を何かがつんつんとつついた。反射的に目を向けると、足元に黒い影。

「ひぃっっっ！」

勢いよく後ずさると、背中が壁につく。もう逃げ場はない。

あの形、あの色。――ゴキブリだ。見たこともないほど大きなゴキブリがいた！

恐怖から涙目になる。滲んだ世界の中で、黒い影はさっきまで私がいた場所にじっと留まっていた。

あああ、どうしよう。まさかこんな大きなゴキブリがいるなんて。田舎になんて来るんじゃなかった。もしやこの無数の視線って、ゴキブリの集団？　そんなの無理。

だって、たわしくらいの大きさだ。普通の大きさならまだいいけれど、たわし。

どうしてもたわしにしか見えない。ん？

「……たわし？」

すると黒い影は、ずいっと光が強く差し込む一角まで歩いて来た。

「ご名答！　いかにも私は、たわしの伝兵衛（でんべえ）っ！」

そう胸を張って叫んだ黒い影には手足が生えていて、目も口もまゆげまであった。

た、たわしの伝兵衛……。たわ……。

ふっと、目の前が暗くなる。でもこのまま倒れたらどんなことをされるかわからない。そんなの絶対絶対絶対嫌だ！　なけなしの力を振り絞り勢いよく立ち上がる。

そして猛スピードで蔵から飛び出した。


「たわし……」

さっきから何度か、意味もなく同じ言葉を呟（つぶや）いている。もしかして夢だったのかもしれない。うん、夢、だな。夢。たわしに手足があって喋（しゃべ）るなんて信じられないし、聞いたこともない。でも姿は確かに見た。しかもたわしの伝兵衛だって喋って……。

「結花？」

「わあっ！」

　急に呼ばれて、思わず飛び上がる。すぐに反撃できるように拳を作って構えながら声のほうを向くと、お父さんが驚いた顔で立っていた。

「ど、どうしたんだい？」

「あ……、おと、お父さん。おかえりなさい。ううん、な、なんでもないよ」

　語尾が小さくなる。お父さんに心配掛けたくなくて相談したいことがあってもいつも誤魔化してばかり。ここに来て、もっと素直になろうと誓ったのに……。

「……そう？　何でもないように見えないけれど、大丈夫かい？」

「だ、大丈夫！　あ、ごめん。夕飯まだなの。すぐ作るね！」

「簡単なものでいいよ。東京ならコンビニで買ってくればいいんだけど、家の近くにコンビニもスーパーもないから悪いね。父さんも手伝うよ。そういえば蚊帳はあった？」

「か、蚊帳はちょっと見つけられなくて！　また探してみる！」

「蔵は物で溢れているから探すのは大変だろう。無理しなくていいよ」

　う、うん、と微妙な返事をして、お父さんと一緒にキッチンに向かう。気づけば天高く輝いていた太陽も、随分傾いて空を赤く燃やしている。夏だから日が長いのもあって気づかなかったけれど、時計はすでに七時を指していた。

お父さんと一緒に手早く素麺を茹で、昨日お隣のおじいさんから貰った茗荷と葱、大葉を千切りにして薬味にする。

「ねえ、お父さん」

氷水の中で揺蕩う素麺をお箸で掴みながら、お父さんと目を合わさずに尋ねる。

「……たわしって、喋るかなあ」

途端に、長い沈黙が食卓を満たす。すでに夜を迎えた庭から、ジーと虫の鳴く声がやけに大きく響いてきた。我ながらバカなことを聞いたな。ごめん、忘れてと言おうとすると、お父さんが急に明るい声で話し始めた。

「昔父さんが小さい頃、父さんの父さん、つまり結花のおじいちゃんが、父さんによく不思議な話をしてくれたよ。古い物に命が宿ると、動き出して喋り出すって。それは付喪神って言うんだって」

「付喪神……」

「うん。おじいちゃんは付喪神と友達だって言っていたなあ」

おじいちゃんは私が生まれる前に亡くなっている。写真でしか見たことがないけれど、そんな空想めいたことを言いそうもないような、キリッとした顔つきの人だった。

「まあ、子供に聞かせる寝物語だけどね」

ただの作り話。じゃあ、今日私が見たものは何？　お父さんはそれ以上何も言わずに素麵をすすっている。傍にあったスマホで、『付喪神』と検索して調べてみたら、《妖怪》だとか非科学的な言葉が並んでいた。何であんなものを見てしまったんだろう。やっぱり田舎なんて来なければよかったと後悔しながらも画面を読み進めると、

――付喪神は、人の心を誑かす。

という一文に目が留まった。背筋に冷たいものが走る。スマホを置いた後、素麵をすする気になれず、虫の音が部屋の中いっぱいに響いているのを、ただ黙って聞いていた。

三

それから数日、家から蔵を睨みつける生活を送っていた。今もお風呂から上がって、縁側を歩きながら蔵を横目で見ていた。部屋の灯りが白い蔵をぼんやりと闇の中に浮かび上がらせていて、あの中に得体のしれない物たちがひしめき合っているのだと思うと、夜でも汗ばむほどの気温なのに肌が粟立つ。もしあれがお父さんの言っていた

『付喪神』だとしたら、ますます関わりたくない。《付喪神は、人の心を誑かす》という一文が頭から離れず、もしかして恐ろしい目にあわされるのかもしれないと考えると、自ずと蔵から足が遠ざかった。蚊に刺された痕が三つ増えたけれど、我慢したほうがましだ。

溜息を吐いて部屋に入り、電気を消して畳に敷いた薄い布団の上に寝転がって目を閉じると、すぐに眠気が襲ってくる。夢か現実かわからない世界で長い時間うとうとしていると、蜃気楼のようにいろいろな情景が胸に湧き上がってきた。

《結花ちゃんは、忙しいもんね》

《お母さん、残念だったね》

《家のこととか、そっちに時間掛けなよ。あたしはあの子と遊ぶから大丈夫》

生まれ育った東京の、アスファルトで塗り固められた灰色の町の中に私の居場所はなく、自分が今生きているという自覚すら存在しなかった。

それは二年前にお母さんが亡くなってから、より顕著になった気がする。

できることなら全部やり直したい――。そう願ったはずなのに、結局上手くいかない。じわりと瞳の奥が熱くなって泣き出しそうになった時、急に草の匂いがした。

生きているものの、この香り。

この場所は空気まで生きているんだ。なら物が生きていてもおかしくはない。

そう思ったら、なぜかストンと腑に落ちた。微睡の中で寝ぼけていたからなのかもしれない。でも、不思議とそう確信する。

朝が来たら、会いに行こう。本当に彼らが生きているのかどうか、付喪神なのか、果たして人の心を誑かす恐ろしい化け物なのか。自分の目で耳で、全身で感じて、答えを出すしかない。東京ではなく、ここが私の居場所ならば、蔵や彼らを見て見ぬふりをしたまま、生きてはいけないだろうから――。

次の瞬間、ちゅんちゅんと屋根の上で鳥が忙しなく鳴いていた。床下ではゲロゲロとカエルの声。薄く開いた目に、金色の光が容赦なく突き刺さった。そしてじわりと足から痒みが蘇ってくる。眠った気はまるでしないけれど、いつもの朝が始まっている。

仕事に行くお父さんを見送った後、庭に降り、しばらく蔵の扉を見ながら立ち竦んでいた。やっぱり蔵に入るのは怖いからやめようと、何度も踵を返そうとしたけれど、そのたびに踏み留まる。もし今日やめても、恐らく数日以内にまた同じように悩んでここに立つことになるのは目に見えている。だとしたら今日行っても同じだ。

ぎゅっと唇を噛みしめ、意を決して南京錠を外し、蔵の扉を強く引いて開ける。

「こ、こんにちは……。あの、た、たわしさん！　えっと、たわしの伝兵衛さん！」

震える声で蔵の中に向かって呼びかけても、しんと静まり返ったまま、物音一つしない。何やってるんだろう、私。バカみたい。溜息を吐いて立ち去ろうとした時、

「お、お嬢さん」

急に足元からおずおずと声が上がり、私の足首をぺちぺちと叩く音がする。驚いて勢いよく下を向くと、手足が生えたたわしが、私を困ったように見上げていた。

「で、伝兵衛さんっ！」

急いで膝をついてしゃがみ込む。そして躊躇う前に一気に掴んでみた。

——たわしだ。手触りも材質もたわし。でもたわしに顔がついている。困ったように眉尻が下がって、口がぽかんと開いている。伝兵衛さんを掴んでいる私の指にそっと小さな手が置かれた。指は五本で、人間と形状はほぼ同じ。

「はい、伝兵衛ですが。というか、お嬢さんは私が視える、でよろしいでしょうか？」

妙なことを確認された。どうしてわかり切ったことを聞くのだろう。

「えっと……。はい、視えていま……」

「あんた何聞いてるのよ！　喋っているってことはこの子は視える人間なのよ！」

突然蔵の奥から、何かが猛スピードで転がってきた。思わず受け止めると、それは長い棒の先に突起物があり、ラッパのように口を広げている『物』だった。私が持ち上げると同時に手足が生え、目が現れる。瞼にはくるんとした長い睫が縁取られていた。喋り方や声のトーン、長い睫に赤い唇が、まるで『女の子』。

『女の子』は、怖い――。

急激に東京にいた時の記憶が襲ってくる。勝手に体が強張り、脂汗が額に浮く。

「す、すまん。だが、まさか視えているとは思わなくてな……。麻里殿は全く視えないから、お嬢さんもそうだと思ったのだ」

「だからって、しばらく様子を見るのが得策でしょ？　人間なんて信用しちゃ駄目よ」

目を伏せ、逃げ腰になった私を引き止めたのは、『麻里』という言葉。

二人（二つ？）は麻里さんを知っている？

「久しぶりに視えるにんげーんっ」

急に私の背にふわふわした何かが覆いかぶさる。「ひゃあぁあ」と素っ頓狂な声を出した私は、伝兵衛さんたちを放り出して背中に張り付いたそれを勢いよく振り払う。

「えーん、痛いよお」

あどけないかわいらしい声が響いて、さっと体が冷たくなる。まさか子供？　嘘！

「ご、ごめん、ごめんなさい！　大丈夫ですか？　びっくりしちゃって……」

　青ざめながら駆け寄り、それを抱えると、「ううん、大丈夫～。痛くないよ！」と、喋った。抱えた物は、綿が飛び出た子供用のぼろぼろの布団。薄汚れた白い布に目がぱちぱちと現れて、破れた切れ目が口になって微笑んでいた。私が振り払った時に飛び出したのか、床には綿が飛び散っていて、慌てながらも丁寧に集めて元に戻す。

「本当にごめんなさい。あ、ああの、中身が出ちゃったけど、これで全部ですか？」

「うん！　ありがとうお姉ちゃん！」

　中身が出ちゃったなんて、よく考えるとグロッキーだけれど深く考えない。

「久しぶりに視える人間にお会いして、このように皆興奮しております。ご無礼をお掛けしまして申し訳ありません。しかし、お嬢さんは上倉家の方でしょうか？」

　執事みたいな口調で、私と布団の前に躍り出て来たのは、たわしの伝兵衛さんだった。そうやって普通に話しかけられると、不思議と人間を相手にしているみたい。

　急に怖気づいて、視線を合わせることができずに宙を漂う。たわしが喋っているという事実よりも、私が本当に怖いのは『人間』なんだと、嫌でも気づかされた。

「す、すみません、名乗りもせず。上倉結花と申します。先日引っ越してきました」

　興味深げに私を覗き込む伝兵衛さんの視線から逃れられなくて、私も自己紹介すると、静かだった蔵の中が急にざわめきたった。

突然のことに息を呑んで、勢いよく周囲を見回す。この間感じた視線と同じだ。やっぱり、いろんなものの気配がする。明かり取りの小窓から光が差し込んでいる一角はよく見えるけれど、壁際は薄暗くて何がいるのかもわからない。ぞっと背筋が凍り付いた時、私の意識を逸らすように伝兵衛さんがぴょんぴょんと飛び跳ねた。

「ほほう。そうなると結花殿は麻里殿のご息女ですか？」

「い、いえ、麻里は私のおばです。麻里さんは半年前に亡くなりました」

たわしの伝兵衛さんは驚いたように体をのけぞらせた後、とても悲しそうな表情で、

「なんと……、お悔やみ申し上げます」と、丁寧に頭を下げた。

たわしなのに、人間のように故人を悼む心があるんだ。駄目だ。落ち着かない。たわしがというよりも、『人間らしい』ことが怖い。もう無理……。

「なら貴様が次の『鍵守』ということか？」

蔵を出ようと決めた私に向かって急に乱暴な声が響き、ぴたりと首筋に冷たいものが当たった。驚いて顔を上げると、座り込んでいた私に誰かが刀のようなものを突きつけていた。薄暗いせいで顔は見えないけれど、肩、腕、足、そして刀を持つ手。紛れもなく『人間』だった。

私の全身はぴくりとも動かなくなる。殺意というのか明確な敵意が、言葉にしなくても纏う雰囲気で伝わってきたから。まさか人が蔵の中にいたなんて……。

「か、『鍵守』？　一体何のことでしょう……」

「しらばっくれるな。上倉家の者だということは、次の『鍵守』だろう」

首筋に突きつけられている切っ先から、冷たさが全身に巡っていく。鉛を飲み込んだように、体がどんどん重くなって立ち上がれなくなる。

「し、知りません！　遊びでもやめてくださいっ！」

払いのけようとした刀が、チリッと首筋を舐める。途端にピリッと痛みが走った。

驚いて触れてみると、指先にほんの少し血がついている。

ちょっと待って。血が出ているって、本物の刀？

「……やはり人間の血は、美味い。もっと舐めさせろ」

その人はもう一度刀を構え直す。一歩前へ出たからか、小さな明かり取りの窓から差し込む光が彼の容貌を炙り出した。

長い髪を無造作に束ね、紺色の小袖と黒い袴姿。あっさりした和風の面立ちで、綺麗な顔をしている男の人だけど、全身から滲み出る冷たい狂気が隠しきれていない。

敵意を孕んだ鋭い一重の双眸は、私をまっすぐに見下ろしている。

逃げないと。頭ではわかっているけれど、一歩も動けなくなる。少しでも動いたら、あの刀が私に向かって容赦なく振り下ろされると、気づいていた。

「うわ、最悪。あんた月下に好かれたら、生きて帰れないわよ。アタシ一抜けたから」

「うわあん。怖いよお。月下には関わらないほうがいいよお」

私の傍にいた長い棒の女の人と布団の子供は、あっという間に私の傍を離れて、物で溢れている棚に身を隠す。ちょっと待って、と戸惑っているうちに、目の前には刀を持った男の人が恍惚とした表情で、私の退路を断つように佇んでいた。

「人の血を舐めたのは、果たしていつぶりか……。ああ、美味すぎる……」

べろりと舌なめずりをしたのを見て、足元から恐怖が駆け上る。

「月下殿！　落ち着いてくださいっ！」

「落ち着いていられねえな！　邪魔するな伝兵衛！　その女の血を舐めさせろ！」

もしかして、本気で殺される？

でも、どうしよう。恐怖で一歩も動けないし、微動だもできない。

「げ、月下殿いけません！　結花殿に手出しは禁物ですぞ！　どうしてもとおっしゃるなら、私を倒してからにしなさい！」

転がるように私の前に躍り出て来たのは、たわしの伝兵衛さん。

「伝兵衛。邪魔だ。壊すぞ」

ひゅっと、月下さんは、右手に持った刀を振り上げたけれど、伝兵衛さんは、一切たじろぐ事もなく、私の前で仁王立ちしている。

もしかして、庇ってくれている？

私、を？

気づけば勝手に体が動いていた。

「伝兵衛さん！」

反射的に伝兵衛さんに手を伸ばし、庇うようにぎゅっと抱きしめて倒れ込む。

刹那、刀はまるで流星のように、私たちに向かって振り下ろされた。

あ、駄目だ。速すぎて避けられない。体を強張らせて、これから襲って来るだろう衝撃と痛みを受ける準備をする。でもどれだけ待っても襲ってこなかった。ただただしんとした静寂が辺りを包んで、物音一つしない状況に、次第に不安になる。

恐る恐る瞼を開いてみると、目の前には誰かの足。驚いて跳ねるように体を起こすと、私と月下さんの間に誰かが立っていた。見上げても私に背を向けているせいで、顔が見えない。纏っている赤い豪奢な着物に見覚えがあるはずもない。

また別の『人間』？

「蘇芳殿……」

伝兵衛さんが私の胸元で呟いた。蘇芳と呼ばれたその人は、私たちをちらりと見下ろした後、簡単に月下さんをあしらって突き飛ばした。

「この子がもしも本当に上倉の者なら、次の『鍵守』。僕たちが視える、何十年ぶりかの貴重な鍵守だよ？　彼女に傷一つでもつけたら、僕が月下を破壊しちゃうからねえ」

聞き覚えのない男の人の緩い声が薄暗い蔵の中に響いた。声音は柔らかいけれど、なぜか重く伸し掛かってくるようで全身が委縮する。途端にさっきまでの静けさはどこに行ったのか、大勢のざわめきと歓声の気配が蘇るように湧き上がった。

「皆もこの子を傷つけたら許さないって言っているよ？　どうする？　月下」

ふふっと吐息が耳に掛かる。突然のことに驚く暇もなく、するりと白い腕が私に絡み付き、覆いかぶさるようにふわりと後ろから誰かが抱きしめてきた。

「可愛い鍵守。僕が守ってあげるから安心して？」

耳元で囁かれた甘い声に、声にならない声で叫び、背後の誰かを全力で押しのける。

「な、何するんですか！」

「……ふん。貴様ら一階の住人はそいつに付くというわけか。オレたち二階の住人は鍵守なんぞ必要としてねえから不必要だ。だがこの一階の住人たちの声が聞こえないわけではない。しょうがねえから今日は引いてやる」

月下さんは不満そうな声を上げて、刀を引く。

「次は、その女の血をもっと戴くからな」

冷たく言い放った月下さんは、蔵の奥の暗がりへ消えて行く。

しばらく呆然と月下さんが消えた方向を見つめていた。何が起こったのか考えてみてもわからない。ただ一つよくわかったのは、これは夢ではないということ。

「伝兵衛、役得。ズルいねえ」

背後から白い腕が伸びて、私が抱きしめていた伝兵衛さんをひょいと持ち上げた。

「そんな！　ズルいだなんて、私はそんなこと……」

伝兵衛さんは短い手足をバタつかせる。私は慌てて伝兵衛さんを摑んで胸に抱いた。

「あああ、あの、すみません。助けて下さってありがとうございました。そ、それよりここはうちの蔵で……、不法侵入に当たると思います！　どうぞお帰りを！」

床に頭を擦りつけるようにしてひれ伏す。状況が呑み込めなかったけれど、蘇芳さんはどう見たって人間だ。物に手足が生えている状態じゃない。

本当なら警察に行ったほうがいいのかもしれないけれど、助けてもらったし……。

「……うーん、次の鍵守殿は阿呆みたいだ」

困ったような声が響いて顔を上げると、目の前に暗い赤色の着物を着た女性が座っていた。思わず身を引いて距離を取る。でも声は私を助けてくれた男の人だ。

もしかしてこの人が蘇芳さん？

あまり目を合わせないようにしつつ、ちらちら確認すると、喉仏があるし、手も首筋も身体つきは男の人だった。綺麗な女の人にしか見えなくて呆然としている私に、蘇芳さんは秀麗に微笑んでいた。あまりに美しい笑みに、ごくりと生唾を飲み込む。

「鍵守が阿呆だと、ちょっと困るねえ。君は今の状況を理解しているのかな？」

「えっと、状況は……、夢ではなく現実だってことはわかります」

おずおずと口にすると、「現実に決まっているじゃないか」と、蘇芳さんは明るくケラケラ笑った。朗らかな笑顔に助けられて、少し緊張が解ける。

「あとはよくわからないですが、襲われて、助けてもらって、今に至ります」

そうだ。私、助けてもらったんだ。

ようやく伝兵衛さんの存在を思い出す。ずっと胸に押し付けたままだった。

「わっ、すみません！　伝兵衛さん。大丈夫ですか？」

胸の前でクロスさせた両腕を緩めると、伝兵衛さんがふらふらと私の腿の上に載る。

「ゆ、結花殿が無事なら私は別に……」

もぞもぞと照れ臭そうに伝兵衛さんは体をくねらせる。

その姿は何度見ても、たわしだった。

物に命が宿っている。これはおじいちゃんがお父さんに話したっていう……。

「あなたは……、付喪神？」

私の口からそんな言葉がぽろりと落ちた途端、急にカッとライトを当てられたように目の前で光が炸裂する。

「「「ご名答っ！　ようこそ次の鍵守殿っ！」」」

わっと上がった歓声に驚いて、強い光の中で何とか目を開けると、広がっていたのは驚愕の光景。古ぼけた蛇の目の傘に、糸切り鋏。竹箒に、夫婦茶碗。私が名前を知らないいろいろな古い物が、宴だ、とはしゃいで踊っていた。いくつもの行灯や提灯が、薄暗かった蔵の中を明るく照らしてくれたおかげで、蔵の中の様子が露になる。それらは伝兵衛さんと同じように、目や眉、口、手足が確かにあった。

――付喪神。

カミサマならば、手足を生やすことも話をすることもできるのかもしれない。

彼らのどんちゃん騒ぎを呆然と見つめていると、誰かの手が私の手をそっと取る。

驚いて顔を上げると、蘇芳さんが「僕と踊ろう、お姫様」と囁いた。

「蘇芳殿。あまりおふざけは……」

「伝兵衛は固すぎるよ。たまにはいいでしょ。久しぶりに視える鍵守なんだよ。しかも可愛い女の子。最早ご褒美としか言いようがないよ」

「お気持ちはわかりますが、まずは結花殿の素性をしっかりと確認すべきですよ」

「まあそうだねえ。じゃあもう一度君のことを教えてくれるかな？　まず名前」

蘇芳さんは私を連れ、宴から抜け出して蔵の隅に移動した。伝兵衛さんは私と蘇芳さんの間にちょこんと立っている。母屋に戻りたい気持ちはあったけれど、ここで無理やり戻っても、二人が追いかけてくるような気がして私も座り込む。

「は、はい。私は上倉結花です」

「結花、麻里は君のおばだと言っていたね。だとしたら、君の父は、治、だね」

思わずぱちぱちと瞼を開け閉めする。

「そうです。父は治です……」

「だよね。でも治は、突然顔を見なくなったね。その後は麻里が一人で住んでいた」

どうして蘇芳さんはこんなにも上倉家の内情を知っているんだろうか。見たところ、二十代前半くらいの若い男性なのに。

もしかしてご近所さんなのかもしれない。蘇芳さんはお父さんたちのことを、見聞きしていたんだろう。それで今日たまたま来たら、私が蔵で騒いでいたから……。

「結花殿は一体どちらにいらっしゃったんですか？　神蔵町ではないですよね？」

たわしの伝兵衛さんが、ぴょんぴょん跳ねながら体を揺らす。

「はい。私の母が病気がちだったので、父も私もずっと東京で暮らしていました」

「そうでしたか……。では結花殿の母君も戻ってきたのですか？」

「二年前に亡くなりました。それ以来ずっと父と二人です」

「なるほどね。最近麻里まで死んだから、君と治は戻って来たというわけなんだね」

「はい。そういう次第で夏休みに入ってすぐに。あ、あの、蘇芳さんはどこにお住まいなんですか？　ご近所さんなのに、ご挨拶が遅れて申し訳ありませんでした」

おずおずと頭を下げると、蘇芳さんが呆れたような声で言った。

「君はやけに丁寧だね。君くらいの歳の鍵守に何度も会ったけれど、僕らにそこまで丁寧な人間はいなかったなあ」

お母さんが入院していることが多かったから、私よりも年上の看護師さんやお医者さん、同室の患者さんに会うことが多くて、言葉遣いは母によく注意されてきた。

それに、私は人との接し方がわからない。丁寧な言葉づかいをしていれば、怒られることも嫌われることもそうない。好かれることもそうないのかもしれないけれど。

「僕たちに気遣いは無用だよ。何せ僕らは家族同然なんだからね」

違和感がもやっと心に芽吹く。『家族同然』だなんて、田舎の人は普段からこんな濃密な人間関係を築いているのだろうか。

「あの、ありがとうございます。とても助かります」

形式的にお礼を述べると、蘇芳さんは満足そうに微笑んだ。何だろうこの眩しい笑顔。まるで本心から喜んでいるみたいだ。なんだか違和感を覚えたことが申し訳なくなる。もしかしてさっきの言葉に裏はないのかもしれない。

「ええっと……、話を戻しますが蘇芳さんはどこに住んでいるんですか？」

動揺してしまって、強引に確認すると、蘇芳さんと伝兵衛さんは目を見合わせる。そうして私を憐れむような目で見つめた。途端にさっきの言葉が蘇る。

——鍵守が阿呆だと、ちょっと困る、と。

「どこに住んでいるのかなんて、この蔵に決まっているよ。君はさっき、自分で僕らの正体について答えを導き出していたじゃないの」

え？　ええ？

「で、でも、伝兵衛さんはたわしに手足が生えているから、付喪神だってわかるけれど、蘇芳さんはどう見たって人間でしょう！」

思わず叫んだ途端、ふわりと私の背に熱が載る。驚いて振り返ると、さっきまで蘇芳さんが着ていたはずの暗い赤色の着物が私の肩に掛かっていた。そして、私の前に座っていた蘇芳さんの姿がない。もしかして……！

「──僕を着てもいいよ。そうしたら君を一日中抱きしめていられる」

さわわ、と豪奢な刺繍が入った着物が私に巻き付く。その感触がどうにも誰かの手が体を這っていくみたいで、とっさに引き剝がすように着物を脱いだ。

「ううう、嘘でしょ⁉　そんな、まさか……！」

狼狽して、蔵から飛び出そうとした私の足が思い切りもつれる。体勢を崩し、勢いよく頭から土間に突っ込んだ。脳みそが揺れて気持ちが悪くなる。

ま、まさかさっき伸し掛かってきた赤い豪奢な着物は、本当に蘇芳さんで……。

バカな。信じられない。ううん。信じたくない。

「君のような鍵守だと前途多難だけど、可愛いね。飽きなくていい」

さらりと私の髪を撫でたのは、人に姿を変えた蘇芳さん。

「……に、人間じゃ、ないんですか？」

「うん、違うね。視たでしょ？　僕たちはこの蔵に棲んでいる『物』だよ。今は人間に化けているのさ。そのほうが君は油断するでしょ？」

　確かに油断したけれど。よくよく考えれば大勢の付喪神がいる中で、一人だけ人間とか、物が動いたりしている光景を見ても全く動じないなんておかしすぎるか。

　完璧（かんぺき）な人間の姿をしていたから、この際人間であってほしいと思っていた私の願望が、余計なことを考えないようにさせていたのかもしれない。

「じゃ、じゃあ、私食べられちゃうんですか？　月下さんのように、血を、とか」

「月下と同じにしないでよ。あいつは刀だから血とか本能で求めちゃうんでしょ。僕たちは元々人に使われてきた『道具』。この蔵に入って命を得たけれど、本質は人と寄り添い生きていくのを望んでいるよ。だから君を殺したりはしない。それに君は『鍵守』。つまり、僕たちの『主』は君だからね」

　何度か聞いた、『鍵守』という言葉。何となく聞き流していたけれど、どうにもその言葉に秘密が隠されていそうだ。

　意味を尋ねてみたくても、人間にしか見えない蘇芳さんの姿に、喉の奥が締まる。しかも付喪神は人間を誑かす、という言葉が急激に頭をもたげてきて、騙（だま）されているのかもしれないと、疑惑で一杯になった。でも確認しないと始まらない。

「あの、鍵守って、単純にこの蔵の鍵を私が持っているからそう呼ぶんですか？」

　尋ねた私に対して、蘇芳さんは二度ほど大きく頷（うなず）いた。よかった。無視されなかった。むしろ私が鍵守について興味を示したことに、喜んでいるみたいだった。

「単純に言えばね。僕たちの棲む、この蔵の鍵の守り人。そして、ここに棲む付喪神たちの守り人。しかも鍵を持っていることは、上倉家の者だという証でもある」

だから、付喪神たちの『主』。

「治は早くから家を出たし、麻里は僕たちのことが全く視えない人間だったから、酷く困ったよ。僕らだってたまには外に出て虫干しされたいのにできないまま、二十年近く仕舞われ続けていたからね。次の鍵守が視える子でよかった。君も驚いてはいたけれど、僕たちの存在を受け入れてくれているみたいだね」

「い、いえ……。すんなり受け入れているわけではありません。本当は今も夢を見ているんだと思いたいんですが……。でも伝兵衛さんや蘇芳さんが私を助けてくれたのは事実です。たとえ『物』だとしても、それに変わりはありません」

伝兵衛さんも蘇芳さんも、もしかしたら月下さんに壊されてしまってもおかしくなかった。私は命を懸けて助けてもらったんだ。

あの時に感じた言い知れぬ安心感や安堵感を思い出すと、感謝しかない。

「付喪神と言われて、簡単にそうですか、じゃあよろしくとはまだ言えません。もちろん助けていただいて感謝しています。話が突拍子もなくて正直すごく混乱していますが、皆さんのこと、理解はしたいと思っています」

「十分だよ。『理解したい』は前向きな返事だしね。じゃあ鍵守殿よろしくね」

「えっと……『鍵守』になるかはちょっと……」

「何故断るのですか⁉ 結花殿！ ここは一つ……」

「無理ですっ！ 鍵守がどんなものかも正直まだ把握できていないですし、自分に務まるかもわかりません」

「無理だなんてやってみなきゃわからないじゃないの」

ハッとした。蘇芳さんがふくれっ面で、私に顔を寄せる。

「君はたまに僕らと遊んでくれればいいだけだよ」

「遊び相手も重要ですが、私たちの虫干し、修理、掃除、管理……、いろいろとやっていただくことになるかと思います。もちろん私も手伝いますよ！」

蘇芳さんと伝兵衛さんの言っていることがバラバラだ。でもどう考えたって、無理。

無理無理無理無理。あ、また私、逃げている。『鍵守』として上手くできなくて、嫌われるのが、幻滅されるのが怖いから、いつもみたいに自分から距離を取ろうとしている。

——無理だなんてやってみなきゃわからないじゃないの。

痛いところを突かれたと思った。東京から逃げて、人間関係から逃げて——、もう全てのことから逃げたくないのに。

「なら当分は、『見習い鍵守』でいいんじゃない？」

思いがけない蘇芳さんの提案に、何を言っているのかわからなくなる。

「ま、しばらく僕らと遊んでくれれば、僕らのことも、『鍵守』のこともわかるでしょ」

「そうですね。見習いでも大歓迎ですぞ！」

二人は私から視線を逸らさない。自分が袋小路の壁に付いている気分になる。

「わ、わかりました……。無理だったらごめんなさい」

深々と頭を下げた私に、蘇芳さんは「君は恐ろしく丁寧な子だね」と慄いていた。

「それで、蚊帳はあったのかい？」

夕食に作った素麺チャンプルーを食べながら、お父さんは首を傾げる。本当はナスがあったから揚げ浸しにしようかなと考えていたけれど、蔵での出来事のせいで時間を取られてしまって、心苦しかったけれど、結局簡単な献立になってしまった。「あ、蚊帳のこと、すっかり忘れてた。ごめんね、明日探しておく」

とは言ったものの、蔵の中の大量の物を思い出して、簡単に見つけられるだろうかと不安になる。ふと伝兵衛さんを思い出しながら素麺を飲み込んだ。

どうしよう。伝兵衛さんに蚊帳の在り処を聞いてみようか。

ちょ、ちょっと待って、自分から彼らに関わろうとするなんて、何を考えているんだろう。でも見習いでも鍵守を引き受けてしまった手前、これから何度も顔を合わせることになるのは間違いない。

「……ねえ、お父さん。鍵守って知ってる？」

「鍵守？　なんだい鍵守って」

お父さんは蔵の秘密を知らないんだ。蘇芳さんも伝兵衛さんもお父さんのことは知っていたけれど、関わっている感じは確かになかった。

「ああ、でも僕の父さんと母さんが、鍵守だから忙しい、とか、たまに言っていたよ」

「え？　本当に？　おじいちゃんとおばあちゃんが？　他には？」

もしかして、麻里さんの前の付喪神たちが視える鍵守って、おじいちゃんとおばあちゃんのことだろうか。二人は私が生まれる前に亡くなったそうだから、会ったことがなくて写真でしか知らない。お父さんが思い出話をたまにしてくれる程度だ。

「ごめん、他には特に覚えていないなあ」

身を乗り出していた私は、思わずがっくりと肩を落とす。

「そっか。もし些細なことでも鍵守について思い出したら教えて」

「ああ。思い出したら教えるよ。それで結花はどこで鍵守って言葉を知ったの？」

「ちょっと蔵でね」

　お父さんに付喪神が蔵に棲んでいるの、なんて言ったら、きっと私がおかしくなったと思って本気で心配するだろう。お父さん自身もここに戻って来てまだ日も浅いし、新しい職場に慣れるまで大変だろうから、これ以上心配させたくない。

「そうそう、今日仕事中に今度結花が通う高校の前を通ったよ。あそこは父さんの母校でもあるけど、全然変わってなくて懐かしかったなあ」

「懐かしいって、どんな思い出があるの？」

「そうだなあ。父さん朝が弱いから何度も遅刻ギリギリで起きて、バス停から高校まで猛ダッシュして行ったんだけど、毎回たどり着く前にへろへろになって、容赦なく目の前で門が閉まったなあとか……」

　その光景がありありと浮かんで苦笑いする。お父さんは正直ちょっと頼りない。

「でも今は結花がいてくれるから、もう遅刻はしないよ」

　呆れたけれど、そんなお父さんでもいいかと許してしまう。お父さんは、朝一人で起きられないし、料理も洗濯もできない。私がいないと駄目なのはよく知っている。家事は大変だけど、でも誰かに必要とされるのは、幸せだ。

——もしかして、付喪神たちも私を必要としてくれている？

見習い鍵守だなんて、まだ全部理解したわけではないし、非科学的なことに戸惑っていて不安も大きいけれど、胸の奥の奥で、ほんの少し自分がわくわくしている。

きっとこうしている今も皆、どんちゃん騒ぎをしているんだろうな。

庭の奥にある蔵が、この部屋の灯りを受けてぼんやりと白く浮かび上がっていた。

第一章　恋するキセル

一

「結花殿！　ここにありましたぞ！」

「えっ！　本当に？　よかった！　伝兵衛さんに聞いて正解でした」

埃まみれになりながら、山積みになった無数の物の中から顔を出すと、別の場所で私と同じように埃まみれになっていた伝兵衛さんが、嬉しそうに飛び跳ねていた。

昨日よりもさらに蚊に刺された痕が増えた私は、お父さんを送り出してから意を決して、蔵で蚊帳を探していた。緊張したけれど、伝兵衛さんにありそうな所を教えてもらったのと、伝兵衛さんも一緒に探してくれたおかげで見つけることができた。

「二つありますぞ。こんな奥に入り込んでいたとは思いませんでしたよ」

伝兵衛さんの元に行くと、確かにそこには蚊帳が二つ。これでもう私もお父さんも蚊に悩まされずにぐっすり眠れる。でもこの蔵にあったっていうことはまさか……。

聞いてみようかどうしようかと悩んでいると、伝兵衛さんが覗き込んできた。

「どうかしましたか？　悩み事でも？」

尋ねてくれたことにホッとして、ためらいながらも口を開く。

「あの、この蚊帳は父と麻里さんの物で新しいですし、まさか付喪神ではないですよね？　寝顔を見られるのはちょっと、恥ずかしい……です」

訴えると、伝兵衛さんは明るく笑った。

「大丈夫ですよ。いくら上倉家の蔵だからと言って、蔵に入れられたと同時に、全ての物が付喪神化するわけではないのですよ。この蚊帳と話をしたという者は聞いたことがないので、まだ眠っている状態かもしれません」

「上倉家の蔵は他の家の蔵と違うんですか？」

尋ねると、赤い着物がふわりと舞って、蘇芳さんが急に姿を現した。

「君も興味が出てきたんだねえ。僕は今、小躍りしてもいいくらい感激しているよ」

「す、すみません。知っておきたくて……」

「うんうん、良い兆候だ。僕が直々（じきじき）に教えてあげるよ。上倉家は昔とても大きな家でここら一帯を束ねていたんだ。知ってる？」

「はい。父が、庄屋（しょうや）で豪農だったって教えてくれました」

「うん。元々上倉家は武家だったけれど、同僚の武士と確執があったのと、江戸時代に入って平和になったからもう戦は不必要だと刀を捨てて、この一帯の数十の村を取りまとめた大庄屋になったんだ。庄屋っていうのはね、簡単に言えば村長のことだよ。村民を束ねて支配したり、土地の管理をしたり、年貢を集めていたりしたんだ。何かあれば皆、上倉家に相談に来た。金に困ったり、年貢を納められなければ、家宝を手にして毎夜のように駆け込んで来たものさ」

「そのせいで蔵にこんなに多くの古い物が集まったのですよ」

伝兵衛さんが蔵の中をぐるりと見回す。確かに現代にはない古い物が多いし、伝兵衛さん自身も少したわしの毛の色が薄くなっているように見える。

「一般的に付喪神は長い年月を経た物に命が宿ると言われている。でもどういうわけか上倉家の蔵は特別で、作られて間もない物でも、他家の蔵で付喪神になれなかった物でも、この蔵に入ると付喪神として目覚めることができる可能性が高くなる。この中では僕が一番古株だね。何百年と過ごすうちにこんなに増えたんだよ」

「古い物ほど強い力を得るんですか？　だから人間に化けるのが上手いとか……」

「うん、ご名答。僕は自分で言うのも何だけど、他の物たちとは格が違う。伝兵衛みたいに手足だけ生やすこともできるけれど、人に化けていたほうが、君たちだって安心して話していられるでしょ」

人に化けているからというよりは、蘇芳さんはたとえ私が言い淀(よど)んでも、嫌な顔一つせずじっと待っていてくれて、無視することなく笑顔で返事をしてくれた。普通の人からしたら、ごく当たり前のことなのかもしれないけど、私にはそうじゃない。蘇芳さんの優しさを感じて、私の心が解きほぐれたのは事実。

何より今は、怖いけれど好奇心が勝っている。

「あの、月下さんも、昔からいらっしゃるんですか？」

「月下はそうでもないね。百年くらい前かな。でもあいつはここに来る前は別のところにいただろうし、一番の原因は人間を斬(き)りすぎたことだね。新参者(しんざんもの)でも、人に執着すればするほど、姿もそれに近づくものさ」

人を斬りすぎたって、つまり実際に何人もの人を殺してきたということ。

ぶるりと背が震えた私に、蘇芳さんは「怖がらなくていいよ」と、気遣ってくれた。

「ただ君は決して二階には近づいてはいけないよ」

急に蘇芳さんの声音が落ちる。よく見ると蔵の一番奥の光が届かない暗闇(くらやみ)の中に、ぼんやりと階段のようなものがあった。あの方向は、以前月下さんが消えた場所。

「もしかして、月下さんは二階に……」

「うん、そう。一応蔵の中の物たちは僕が束ねているけれど、物が多すぎるからいくつか派閥があってね。僕たち一階の住人は人間と積極的に関わりたいけど、月下たち二階の住人は逆で、拒絶しているんだ。鍵守と騒ぎを起こすし、他の住人たちとも時折いざこざを起こす。だから彼らは彼らで、二階を棲みかにしているのさ。とにかく二階は絶対に駄目だよ。君が自分から月下に命を捧げるって言うのなら別だけど」

　わかったと、何度も首を縦に振る。私もできれば月下さんたちに関わりたくない。

「私自身、ここに来るまで蔵を実際に見たことがなかったので、こんな大きな蔵があるとは思いませんでした」

「元々上倉家は広大な地域を支配していたからね。そう考えると物が沢山集まるのも当然でしょう？　僕らを仕舞う蔵も初めは小さかったんだけど、何度か建て替えて二階建ての広いものになったのさ」

「話を聞いていると、昔は本当に栄えていたんですね。今は私と父の二人だけです」

　大庄屋だった名残も、もはや蔵だけのような気がする。

「悲しいことだね。一時は使用人も三十人以上いて、いつも賑わっていたんだよ。でも麻里は独り身を決め込んでいたようだから、上倉家は断絶するものだと思っていたから君がいてよかったよ。上倉家の存亡は僕たちの存亡に関わってくるからね」

　蘇芳さんは愛おしそうに私の頭をふわりと撫でる。その手つきに戸惑って固まっていると、伝兵衛さんが「気安く女性に触れてはいけませんぞ！」とまるで私を守ってくれる騎士のように蘇芳さんを咎めてくれた。

初めはたわしだからわかり合えるか疑問だったけれど、こうやって話したりお互いに気遣ったりしていると、まるで『友達』みたい。

私たちの間に流れる空気が、穏やかなものになる。

ちょっとずつでも打ち解けていけたらいいなと願った時、急にきゃあああ！　と叫び声が響いた。慌てて振り返ると、丸いものが長細い物を咥えている。

「あれは飛丸！　結花殿、助けてあげてください！」

えっ、と困惑する前に、もう一度叫び声が上がった。飛丸が何なのかよくわからなかったけれど、私の前に虫取り網が全力で走って来た。もしかして使えってこと⁉

思わず網を掴んで、丸いものに向けて振る。するとぱふっと音を立てて飛丸なるものと細長い物を確保することができた。

「あらま。飛丸を捕まえたのかい？」

網の中で暴れまわっているのを見ながら呆然としていると、蘇芳さんが覗き込む。

「よく捕まえたじゃないか。ここしばらく飛丸に悩まされていたんだよね」

「どどどうしましょう！　これ、何ですか⁉」

震える私はただただ虫取り網を床に押し付けていることしかできなかった。

「早く助けてよおおお！」

さらなる悲鳴が辺りに響いた時、蘇芳さんが網からひょいと丸いものを摑み上げた。

「華、危なかったねえ。飛丸、駄目だよ。そんな意地悪しちゃ」

「だってよ。こいつがぎゃんぎゃんうるさいから」

「でもダーメ。そうだ、飛丸は結花が管理してよ」

蘇芳さんはぽふっと私の両手に丸いものを置く。もふもふしていて、柔らかい小さな玉。もぞもぞと動いたかと思うと、顔の半分ほどある大きな黒い瞳がくりっと輝く。

「誰だこいつ！　俺様に気安く触ってるんじゃねえよ！」

「か、可愛い……」

何これ。リス？　ネズミ？

「気に入った？　蔵に棲みついているムササビだよ。飛丸、見習い鍵守の結花だ」

「なるほど……、だから『飛丸』……。でもどうして話せるんですか？」

「うるせえなあ。気づいたら喋れたんだよ！　こいつらと同じで蔵の力じゃねえの⁉」

可愛すぎる。頰ずりしたいほどふわふわだし、ふりふりのリボンとか付けたい。

「ったく！　あんたアタシを攫おうとするなんて、千年早いわよ！」

　飛丸を包むように持っていた私の手に向かって、何かが飛び蹴りしてきた。

　思わず受け止めると、長い棒の先にラッパ状の突起物がある。昨日少し話して、月下さんが来たら姿を隠したあの女の人だ。

「はあ⁉　ただのキセルのくせにうるさいから説教してやろうと思ったんだよ！」

　そうか、キセル。昔の人がタバコを吸う時に使った道具だ。さっき蘇芳さんが華と呼んでいたから、この人はキセルの華さんか。

「飛丸なんて出て行きなさいよーっっ。放して！　アタシはあっちに行きたいの！」

「あ、ご、ごめんなさい」

　キツい口調に、思わず放るように華さんを床に置いた。

「ちょっと！　痛いじゃないの！　壊れたらどうしてくれるのよ！」

「ごめんなさいっっ！」

　駄目だ私。華さんは人間の女の人を相手にしているみたいで身が竦む。

「あんた、今アタシのこと『怖い』って思ったでしょ」

「えっ⁉」

　見事に見透かされて、二の句が継げなくなる。そんな私に対して、さらに苛立ちを募らせたのか、華さんは仁王立ちで目を吊り上げていた。

「華殿。結花殿もまだ我らのことを戸惑っているでしょうから……」

「うるさいわね！　伝兵衛は黙っていて！　アタシ、あんたみたいなうじうじしたヤツ、大っ嫌いなのよ！　あー見てるだけで腹立つわあ」

大っ嫌い、という言葉に、ぎゅうっと心臓を素手で掴まれたような痛みが走る。思い出さないようにしていた記憶が、わっと色を付けて畳みかけるように溢れ出す。

大嫌い。うじうじしたヤツ。見ているだけで腹が立つ。

割れた硝子の破片のような鋭い言葉は、何度も言われた言葉だ。

急にぐっと胃の中のものが逆流する。ずしっと背中に伸し掛かる重みで俯いて、唇を噛みしめると、全身が粟立ってくらりと目眩がした。手に持っていた飛丸をつい強く握ってしまったけれど、飛丸は何も言わなかった。

「華、口が過ぎるよ。結花が何かした？　誰彼構わず攻撃するのはよくないね」

「あー、はいはい。アタシが悪うございましたあ。大事な大事な鍵守サマだものね～」

「華、いい加減にして。――壊すよ？」

ギロリと蘇芳さんが華さんを睨みつけると、おどけたように舌を出した。それ以上悪態を吐かずに、部屋の隅の暗がりへ向かって転がって行く。

どうやら蘇芳さんには逆らえないみたいだ。この蔵の中には派閥があると言っていたけれど、その中にもさらにヒエラルキーが存在して上下関係ができているようだ。

「華のことは気にしなくていいから。あとでしっかり怒っておくからね」

「そうですぞ。華殿は元々口が悪いのです。私も散々言われてきました。しかもさらに輪をかけて最近機嫌がよくないのです。だから気にしないでくださいね」

蘇芳さんと伝兵衛さんが必死で私を励ましてくれている。二人の心遣いに、強張った心がほぐれて涙が出そうになる。

「はい。ありがとうございます」

口許が綻んだ私に、二人の口許も弧を描く。それを見たらさらに微笑んでいた。

こんな笑顔を誰かに向けたのは久しぶりで、自分で自分の反応に驚いてしまった。

「……お前、寂しいの？」

突然、窺うような声が響き、飛丸が心配そうに私を見上げていた。

「ならしょうがねえな、これから俺様が遊んでやるからなーっ」

捨て台詞のように叫んで、飛丸は私の手から離れて蔵の奥に姿を消した。

「たまに蔵の物に意地悪するけど、根はいいやつだからさ。可愛がってあげて」

戸惑ったけれど、生きているものの熱はやっぱり特別で、ずっと触れたくなる。それに飛丸はどこか憎めない。頷くと蘇芳さんは嬉しそうに私の頭を撫でてくれた。

蘇芳さんと伝兵衛さんが気にするなと言ってくれたけれど、それから数日、華さんはずっと機嫌がよくなかった。

　正直華さんに会いたくないから蔵に行きたくないとまで思ってしまった時もあった。そんなに私が嫌いなら、『あの子たち』と同じように私を無視すればいいだけなのに、華さんは私を見かけると必ず何か言ってくる。でも本当は私に話したいことがあるからではないかと思い立ってから、華さんが気になって仕方なくなってきた。

　ただの自意識過剰で私の杞憂かもしれない。でも相談したいことがあっても誤魔化して、どうでもいいように振る舞う辛さを私はよく知っている。

　もしも今、華さんも同じ状況かもしれないと思ったら、華さんに自分を重ねてしまい放っておけなくなってしまった。

　だから今日、ついに華さんに自分から尋ねてみようと決めた。もちろん決意するまで悶々と悩んだし、私から話しかけるとか無理だと、自分の弱さのせいでなかなか踏ん切りがつかずに足踏みしていた部分もある。

　でも少しでも変わりたくてここに来たんだから、変われるように努力しなくては。

　萎えそうになる気持ちを奮い立たせて、華さんをこそこそ捜す。

　伝兵衛さんに華さんの居場所を聞こうかと思ったけれど、あの様子を見ると恐らく伝兵衛さんにも何も話していないだろう。もしかしたら私が一人でいる時を見計らって話しかけていたのかもしれない。でも蔵にいる時は近くに伝兵衛さんがいるから、本音を言えず悪態を吐くことしかできなかったとか……。

勝手な推論が、頭の中でぐるぐる回っている。

いつもいつの間にか華さんが傍にいたから、華さんの居場所がわからず手間取ったけれど、棚の一段目に置かれた硝子の小箱の上で、ちょこんと座っているのが見えた。

「あ、あの、華さ……」

声を掛けたら、華さんが驚いたように顔を上げる。するときらりと何かが散った。

「あ、あんた何勝手に見てるのよ！　早くどこか行って！」

いつもの調子で私を追い返そうとするけれど、さらに華さんの瞳が煌めく。

「……どうしたんですか？　もしかして泣いていたんですか？」

驚きながらも、気づけば華さんに尋ねていた。怒った顔しか見たことがなかったから少しひるんだけれど、ここで引いたら涙の理由も、私に言いたいことがあるのかもしれないという疑問も晴れることがなくなるのはわかっていた。だから華さんがどんなに「帰れ！」と喚いても、傍を離れる気にはなれない。

「あの……。何があったんですか？　もしよかったら話してくれませんか？」

「嫌よ！　何であんたなんかに……」

「私も声を殺して泣いたことがあります。誰かに話したらすっきりすると思うんです」

お母さんの病状が悪くなるたび、友達とうまくいかなくなるたびに、一人で泣いた。あの時、自分勝手だけれど誰かに傍にいてほしいって願っていた。恐怖や不安を共有して、大丈夫だよって言って励ましてくれる人がほしくて。

華さんはぶすっとした顔のまま、しばらく私の顔をじっと見つめていた。けれど、その赤く縁取られた唇がおずおずと開いた。

「あんた、見習いでも鍵守でしょ？　なら頼みがあるの。聞いてくれる？」

「私が手伝える範囲なら、……頑張ります」

頷くと華さんは、コホンと一つ咳払いをした。

「――アタシ、元の持ち主のところに帰りたいの。いいでしょ？」

唐突な提案を、相槌も打たずにぽかんと聞いていた。

「アタシの今の所有者であるあんたの許可がないと、アタシたちは勝手に蔵から出て行くことも許されないわ」

確かにこの蔵は上倉家の所有物。そして蔵の中の物は全て上倉家の物。

そうなると、華さんの今の所有者はお父さん、もしくは私という構図になる。でも実質的な家主はお父さんだし、お父さんの許可はやっぱり必要だろう。

「お父さんに聞いてみないと……」

すると華さんは私を蹴った。痛くはないけれど、ぺしんという音が辺りに響く。

「あんたのお父さんなんて、アタシたちのために何一つしてくれたことなんてないんだから、放っておけばいいのよ！　どうせ蔵に興味はないんでしょうから！」

華さんの言う通り、キセルが蔵にあることだってお父さんは知らないだろう。

しかも私の一存で蔵の中の物をどうしてくれても構わないと言っていたな。

勝手に大丈夫だろうかと思いつつ、華さんのあまりの剣幕に思わず頷いていた。

「わ、わかりました。ともかく、まずは事情だけでも聞かせてもらえませんか？」

こくりと頷いた華さんは、元々座っていた硝子の小箱の上に腰掛け直した。

「アタシはね、今から二百年ほど昔、江戸の職人の手で生まれたの。ああ、今は江戸じゃないわね。東京よね」

「え？　そうなんですか？　私も東京から来ました」

「あら、同郷ね。こんな田舎によく来たわね」

華さんはふんと鼻を鳴らす。鼻がどこかわからなかったけれど、多分あるんだろう。

「とにかく、見てよ。この見事な細工」

立ち上がった華さんが、くるりと背を向ける。今までしっかり見たことがなかったからよくわからなかったけれど、見事な牡丹の花が彫られていた。

「わあ、すごいっ！　こんな細工が施されていたなんて、素晴らしいです！」

思わず私が絶賛すると、華さんは得意げに鼻を高くしていた。

「でしょ？　この細工のおかげでアタシはいろんな男の元を転々としたわ。お殿様にだって使われたことがあるのよ」

へえ、と感心していると、華さんは急に寂し気な表情になった。睫を伏せて、開いた蔵の扉をじっと見つめる。今までとは打って変わって、泣き出しそうだった。

「百年くらいそんな風に過ごして、アタシが付喪神になってしばらく経った後、二度大戦があってねえ……。二度目の大戦の頃の持ち主は、食い物と引き換えにアタシを質屋に入れたのさ」

二度目の大戦、はつまり、第二次世界大戦のことだろうか。きっとここにいる付喪神たちはそういうものを乗り越えてここにいるんだろう。背負っているものも、私が想像しているものよりもずっと深くて重いのかもしれない。

「しばらく質屋と一緒に疎開しているうちに戦が終わって、アタシは東京に戻った。それから十年ほど経った後、運命の男、ってヤツに出会っちまったのさ」

にやりと口元を歪(ゆが)めた華さんに、戸惑う。

一体どういう意味なのか。その言い方だと、まるで華さんが人間の男の人に恋をしていたみたい。いやいやいや。人間とは限らないし、相手は物かもしれない。

「う、運命の男ですか？」

続きを促すように尋ねると、華さんは大きく頷いた。

「そ。本当にいい男だった。戦後、すでに時代遅れだったアタシを、買ってくれた男がいたのさ。好景気になって周りの物たちはどんどん売れていくのに、十年近く一人取り残されていたアタシをね」

話を聞いている限り、華さんの『運命の男』は、人間の男の人だ。

いつの間にか前のめりになっていた。華さんの話に引き込まれて、好奇心が抑えられない。だって、物が人間に恋をするなんて、そんなことある？

まるで友達の恋の話を聞いているみたいにドキドキする。恋の話なんてほとんどしたことがなかった私は、ちょっと興奮していた。

「随分可愛がってもらったさ。粋(いき)な人でねえ。他にも何本かキセルを持っていたが、アタシをいつも使ってくれた。アタシの背に彫られた牡丹から、『華』って名前を付けてくれたのもその人さ。北から南まで日本中一緒に連れて行ってもらった。右目の下に二つ黒子が並んでいてね。それがまた男前だったんだ」

話を聞いている限り、とっても素敵な人を想像してしまう。頭の中にはスマートで、仕事をバリバリしている人が浮かんでいる。

「そ、そんなことがあったとは、初耳ですぞ！」

振り返ると、興味津々な顔で伝兵衛さんが私たちを覗いていた。

「はあ。あんたみたいな立ち聞き男はモテないよ」

「結花殿と華殿が一緒にいたので、心配でついつい。まさかそのような話とは……」

「だって今の今まで心に仕舞っていたからねえ。伝兵衛が知らなくても無理はないよ。ま、でもねえ、そんな幸せな日々は長く続かなかったのさ」

急に声音が落ちて、私と伝兵衛さんは暗い話になることを察して黙り込む。華さんは伝兵衛さんに席を外してとは言わず、話を聞くことを許したみたいだった。

「アタシがあの人の元に行ってから数年後、あの人の事業が失敗してねえ。あの人は丸裸同然で故郷だったこの町に戻って来たのさ。アタシは幸運なことに一番のお気に入りだったから、売り飛ばされずに一緒に連れて来てもらった。でも、アタシでもわかるくらい、酷く貧乏になっちまった。その後、結局アタシは上倉に売られたのさ」

しん、と重い空気が辺りに満ちると、華さんは私を睨むように見据えた。

「そういう経緯で、アタシは今、この蔵を棲みかにしている。あんたのじいさんも父さんもキセルなんて吸わない人だったし、別に必要ないならあの人の元に帰ったっていいだろう？　アタシはあの人に会いたいんだ」

いつもとは違う真剣な華さんに、胸が痛む。

果たしてその人は生きているのだろうか。話を聞く限り戦後だし、戦争自体、終戦からすでに七十数年経っている。戦後十年ほど経ってから華さんが買われたのなら、若くても七十代後半から八十代以上だろう。

「華さん。その方、もう亡くなっているかもしれません……」

事実を伝えるのが忍びなくて、おのずと声が小さくなる。

「……わかってる。人間なんて脆いもの。でも、死んでいるなら死んでいるって知りたいのさ。アタシが壊れるまで、こんな思いを抱えたままでいたくない」

華さんは私の膝に小さな手を乗せる。

「麻里が鍵守だった二十年近く、蔵を管理していたのはアタシたちが視えない鍵守だった。本当はあんたの祖父母の国芳と佐代子に頼めばよかったけど、アタシも若かったし、意地張って戻りたいなんて言えなかった。そのうち国芳と佐代子が死んで、酷く後悔したけど、ようやくあんたが現れた。これが生きているあの人にもう一度会える最後の機会なら、懸けてみたい。ねえ、お願い。助けて結花」

初めて華さんに名前で呼ばれた。それに今まで誰かにこんなに頼られたことなんてない。自分の存在を消して、息を殺して過ごしたあの日々とは違う。

そう思ったら、わっと胸の中一杯に嬉しさが広がる。

相手が付喪神だとしても、手助けできるものがあれば何とかしたい。

でも、この町のことを何も知らないけれど、私に見つけられるのだろうか。町の人に関わるのは怖いという不安が芽を出して、勝手にむくむくと生い茂っていく。

「お願い」

困惑していると、もう一度念を押される。

「……わかりました。お手伝いします」

意を決して頷いた私に、一番驚いていたのは華さんだった。目を丸くして、ぱたりと床に倒れ込む。少しころころ転がっていたからそっと受け止めて、硝子の小箱の上に置きなおすと、我に返ったのか聞いたこともないような明るい声で「ありがとう！」と何度も叫んで、硝子の小箱の上でぴょんぴょん飛び跳ねていた。

勇気を出して決断したかいがあったかもしれないと胸を撫で下ろすと、蘇芳さんの顔が急に頭に浮かび上がってきた。

「じゃあ蘇芳さんに相談しましょう」

「えっ？　なんであいつのところに！」

「私はまだこの町に来たばかりですし、蘇芳さんは長く蔵にいると聞きました。きっと力になってくれると思います」

蘇芳さんがこの蔵の中で一番古株なら、ある程度当時の事も知っているかもしれない。喚く華さんを無理やり連れて行こうと摑んだ時、急に私の頰に影が掛かる。

「——君はなかなか鍵守として素質があるよ」

振り返ると、蘇芳さんが私たちを見下ろしていた。

「僕は蔵の中で起こったことを全て把握しているんだよね。だから報告はいらないよ。でも僕に相談しようとしてくれてありがとう」

蘇芳さんは私の頭を撫でる。小さい子にするような手つきだけど、不思議と安心する。それよりも報告は不要ということは、今の話もどこかで聞いていたんだろうな。

蘇芳さんの言う通り、蔵の中では隠し事はできないと思ったほうがいい。

「あの、私は華さんをお手伝いしようと思います。許可してもらえませんか？」

傍に座った蘇芳さんに尋ねると、彼はきょとんとした顔をする。

「おかしなことを言うね。この蔵の主は上倉家の者、つまり君だよ？　どうして僕の許可が必要なんだい？」

「確かにそうかもしれないですが、私はまだ見習い鍵守ですし、蔵の中を把握していません。月下さんをはじめ、二階の住人のような対立派閥があることを考えると、蔵の実質的な主は蘇芳さんだと思います。だから……」

「なるほどね。君はいい子だ。蔵で困ったことがあれば僕に相談すればいい」

　蘇芳さんは私に向かって満面の笑みを見せた。あまりの眩しさに胸が高鳴る。付喪神だけど男の人からそんな笑顔を向けられたことなんてほとんどないから、どんな顔をしていいかわからず、ただただ混乱してしまう。

「あ、あの……、華さんの話は聞いていたんですよね？」

「うん。華は上倉に来る前の元の持ち主のところに戻りたいってことでしょう？」

「そうよ。はあ。あんたが協力するなんてねえ。天地がひっくり返るほど驚きだわ」

　華さんの言葉に、普段の蘇芳さんがどんな風なのか気になった。すると私が聞くより先に蘇芳さんが誤魔化すように声を上げる。

「この子に変なことを言わないの。さあ、華の元の持ち主のことについて話してよ」

「はいはい、話しますよ。名前は山口祥平（やまぐちしょうへい）。恐らくこの近隣に住んでいるはずだけど」

　よかった、近くにいるなら捜せそう。と思ったのに、蘇芳さんが横槍（よこやり）を入れる。

「この近隣に『山口』なんていたかなあ」

「神蔵町は大方把握しておりますが、そのような名字の者に覚えはありませんね」

腕を組んで眉根を寄せていた伝兵衛さんが、渋った表情のまま体を傾げる。

「ちょっと、アタシがここにいるのが証拠でしょ⁉　アタシは紛れもなく『山口祥平』に、上倉家に売られたんだから！」

「だからって、山口祥平が神蔵町に住んでいる証拠にはならないよ」

「うるさいねえ！　どうせ蘇芳もアタシも伝兵衛も、ここ二十年くらい、蔵に閉じ込められていたんだから、そんな記憶、当てにならないよ！」

　華さんの怒りが爆発して、私は小さくなって皆の話を聞く。

「まあ、華殿の言うことも一理ありますが、華殿がここに来た当初は、我々は閉じ込められていた状態ではありませんでしたよ」

「そうだね。華が来た頃が五、六十年前なら、結花の祖父母の国芳と佐代子が鍵守だったかな。いや、もしかして慶子かな」

「慶子様はあの時本当においたわしく……」

「伝兵衛」

「慶子様があんなことになるとは、とても素晴らしい方でしたので、悔しくて……」

「――伝兵衛、口が過ぎるよ」

語気を荒げた蘇芳さんに、伝兵衛さんは途端に口を噤む。

微妙な空気が張り巡らされて、聞いてはいけない話だったのかもしれないと、視線を床に落として俯いた時、華さんがさらりと言った。

「慶子って誰よ。アタシは国芳と佐代子が結婚する五年くらい前に来たわ」

「国芳の妹だよ。元々彼女が鍵守だったんだけど、いろいろあって若くして亡くなったから国芳が鍵守になったんだ」

若くして――病気かなにかだろうか？

今の話で、何となく歴代の鍵守についてわかってきた。慶子さんが亡くなった後、おじいちゃんの国芳さんとおばあちゃんの佐代子さんが鍵守になった。二人が亡くなったのは、私が生まれる五年くらい前だと聞いているから、その後二十年くらい、視えない麻里さんが図らずも鍵守だったってことか。

「とにかく、捜してみるほかないと思いますぞ」

伝兵衛さんが、なんとなく険悪な雰囲気だった二人の間に割って入る。すると華さんと蘇芳さんも冷静さを取り戻したのか大きく頷いた。

「私も賛成です。これから手がかりがないか、町に出てみます」

このままここにいたって埒が明かないだろう。どんなに推論を並べても、結局皆は二十年間閉じ込められていた状態だったから、今の情報は手に入ることはない。

立ち上がろうとした私の手首を、誰かがぐっと掴む。目を向けると蘇芳さんが中腰になった私を見上げていた。

「僕も行きたいな。着て行ってくれて構わないよ」

「着るんですか？　ご、ごめんなさい……。今の日本で、普段着物を着ている人ってあんまりいなくて」

丁寧に蘇芳さんに謝ると、蘇芳さんはむくれた顔をした。

「じゃあ人の姿なら問題ないでしょう？」

「あの、人の姿だと、誰からでも見ることができるんですよね？」

「うん、人間にしか見えないと思うよ。伝兵衛とかは、たわしにしか見えないだろうけどね。もちろん僕も、着物の状態ならただの着物にしか見えないけど」

「蘇芳殿のおっしゃる通りです。人型を取れない付喪神の姿を知覚できるのは、『上倉家の血を引く方々の中でも選ばれた方のみ』ですよ。現に治殿も麻里殿も、上倉家の方ですが我らを知覚できない方でした。だからこそ結花殿は我らの希望です」

伝兵衛さんが恭しく一礼する。希望、と言われて、じわりと胸に熱が灯った。こんな素敵な言葉を言われる日が来るとは思わなかったな。でも待てよ。

「あの、私のおばあちゃんの佐代子さんは、確かお嫁に来たはずですが、付喪神たちを視ることができたんでしょうか？」

おばあちゃんは『上倉家の血を引く方々』ではないはずだけど、でもさっき蘇芳さんは国芳さんと佐代子さんを『二人とも視える人』だと確かに言った。

「上倉家のこの蔵の維持は、なかなか大変なんだよ。僕らも我が儘(わがまま)だし、神蔵町の人たちも我が儘。だからあることをすると、付喪神を知覚できるようになる」

「あること？」

「まだ秘密。必要な時が来たら教えてあげる」

蘇芳さんはやんわりと私を制する。これ以上聞いても、教えてくれないだろう。

「わかりました。じゃあ、佐代子さんは『あること』で視えたということですね」

「うん。鍵守は、伴侶(はんりょ)や兄弟、上倉家の補佐役に仕事を任せることが多かったね」

「補佐役？」

「そうだよ。上倉家は元々武家だって言ったよね。旗本(はたもと)三千石の格式を持つ、世間的には殿様って言われる身分で結構すごかったんだ。だから上倉家の筆頭家臣だった丹波家(たんばけ)が代々補佐役として歴代の上倉家を支えていてくれたんだよ。ただ残念ながら戦後十年くらい経ってからずっと絶縁状態だけどね。まだ解消されていないんじゃないかなあ」

　丹波家。初めて聞く名前だ。しかも今は絶縁状態。

　思い返すと、ここに越して来てすぐに、お父さんと同い年くらいのスレンダーなおばさんとがたいのいいおじさんが夜遅くに訪ねてきたのを思い出す。私はすでに布団の中に入っていたから出て行かなかったけれど、玄関から漏れてくる話し声と、部屋の戸の隙間から、帰っていく二人の姿を月明かりの下で見た。

　人目を忍ぶように遅い時間にわざわざやってきたのは、絶縁状態だったから？

　もしかしたら、あの二人が丹波家の人だったのだろうか。

「とにかく、僕は人の姿になれるから、連れて行ってよ！」

　蘇芳さんの駄々をこねる声で現実に引き戻された。

「蘇芳殿。今回は留守番していてください。私が結花殿のお供をしますので」

　伝兵衛さんが蘇芳さんをなだめると、蘇芳さんはがっくりと肩を落とした。伝兵衛さんが一緒なら、心強い。

「……はあ。最悪。僕だって行きたかったのにさあ。いいよいいよ。行っておいで」

「ごめんなさい、蘇芳さん。ありがとうございます、助かります」

「いくら物とは言え、着物は目立ちますから。さあ早く華殿を連れて出掛けましょう」

「はい。わかりました」

伝兵衛さんが的確な指示を出してくれるおかげで、すぐに出発できそうだ。

華さんと伝兵衛さんをひょいと摑み、底の浅い小さなバッグに放り込む。

日が中天高く昇る頃、私たちは上倉家の長屋門をくぐって外に出た。

二

「さて、どうしようかな……」

広大に広がる田んぼの間の一車線ほどのあぜ道をとぼとぼと歩いて行く。とりあえず家から出てみたけれど、名前しか知らない人を、どうやって捜せばいいんだろう。

「あんた、もしかしてあてもなく家を出て来たってわけ？」

華さんがバッグから顔を出す。まずい！　と慌てるも、私しか見えないんだった。

「す、すみません……。外に出たら何かわかるかと……」

「何もわからないわよ！　……ああ、嫌になるほどここは変わらないわね。戦後とまるで同じで、田んぼだけしか広がっていないんだから」

改めて周囲を見渡すと、遠くに点々と建つ民家は、瓦葺の日本家屋。東京で見ていたような、おしゃれなレンガ造りの建物や、高層ビルなんてものはない。

華さんの言う通り、ここはずっと同じような風景のままなのかもしれない。

そう思うと、ずっと同じ場所に住んでいる人が多いとか。何十年も同じ場所に建っていそうな古い家を訪ねてみたら、山口さんを知っている人がいるかもしれない。

「あの、聞き込み、とか……」

語尾が自ずと小さく消えていく。

「はあ？　あんたに聞き込みができるの？　人間と関わるの、あんた嫌いでしょ」

痛い所を突かれた。不特定多数の見知らぬ人に話しかけるなんて私には無理だ。

「まあまあ。ならば役所に行かれては？　そこでなら聞きやすいでしょう」

伝兵衛さんが華さんを諫めてくれた。確かに市役所なら、まだ気が楽かも。

「そうですね。ではまずは市役所に行きましょう」

急にやる気が出て、意気揚々と一歩踏み出してはみたけれど、かちんと体が固まる。

「ちょっと、一体どうしたのよ？」

華さんが溜息交じりにまたバッグから顔を出す。

「いえ……。市役所の場所がわからなくて……」

あはは、と苦笑いすると、華さんが「バカじゃないのお!?」と全力で叫んだ。

「あ、あれ？　電波がない……」

首を傾げながら、文明の利器であるスマホの地図アプリ機能を覗き込む。

市役所までナビしてもらおうと思っていたのに、途中まで進んだところで画面に『電波がありません』と表示されてしまった。

「ああ～、使えない……」

東京では電波が入らないことをあまり体験したことがなかったけれど、どうやら神蔵町では、場所によっては入らないらしい。確かに家でも電波が不安定だった。

肩を落とすと、興味深げにスマホを覗き込んでいた伝兵衛さんが顔を上げる。

「この板、素晴らしいですね。触れるだけでいろいろな探し物ができるとは、我々が閉じ込められていた二十年の間に、世界は大きく様変わりしたようですな」

「驚いたわ。こんな小さいテレビ、初めて見た。でも蔵の皆で見るのは難しそうね」

どうやら二人には板やテレビに見えるらしい。

「これはスマートフォンと言って、本来は電話なんですよ」

「はあ？　電話って母屋にある、黒くてダイヤルを回すやつでしょ。国芳が使っているのを見たことがあるわ」

　確かに華さんの言う通り、母屋には黒電話がある。

「見たことがあるって、華さんは母屋に行ったことがあるんですか？」

「国芳の時代は蔵の鍵を閉めることがほとんどなかったし、母屋に飾られている物も多かったわね。アタシたちは自由に母屋を出入りしていたのよ。ねえ、伝兵衛」

「そうですね。あの頃は皆、自由でしたな」

　そうだったんだ。全然知らなかったな。

「言っておくけど、あんたに国芳の時みたいな管理は望んでないからね」

　ふいっと華さんが顔を背ける。

「あんたはあんたのやり方でやればいいのよ」

　ちょっと照れ臭そうな姿に、胸がじんと熱くなった。華さんの言う通りだ。私らしい管理ってまだわからないけれど、もし鍵守になったら、その言葉を忘れないようにしたい。励ましてくれるなんて、華さんは口が悪いだけで本当は優しいのかも。

「あの、ありがとうございます。華さん」

　頭を下げると、華さんは「わかればいいのよ！」と本気で照れたように喚いた。

「着いた……。ここが神蔵市役所か」

ようやく到着したのは、三階建てのまるで小さな学校のようなコンクリートの建物。

あの後、伝兵衛さんの助言もあり、道端の看板を捜してみると、信号機の上に『神蔵市役所』と書かれた案内板が掛かっていた。古典的だけれど、看板通りに進むことにしたら、案外簡単にたどり着けた。

それにしても東京の区役所を想像していたせいか、規模も小さく、人の気配がない。東京ならひっきりなしに人が出入りしていて、入りやすい雰囲気なのに……。

無言で市役所を見上げていると、バッグを持っていた手にぺちんと衝撃が走る。

「どうしたのよ？　着いたんでしょ？　早く入りなさいよ！」

「す、すみません……。一人で入るのはちょっと勇気が……」

「はあ？　あんた何言っているのよ。あんた一人で入るんじゃないのよ？　アタシたちも一緒だってわかってる？　大丈夫、あんたは一人じゃないから」

華さんの言葉が心に染みた。東京ではずっと一人だったけれど、今は違う。その言葉に助けられてすんなりと一歩前へ踏み出すことができた。

自動ドアがガタガタ音を立てて開くと、少し離れた正面にカウンターが見え、女の人が二、三人座っている。こそこそと壁伝いに入って行くと、左奥のオープンスペースで十人ほどのご老人が楽し気におしゃべりしていた。外から見るとほとんど人がいないと思っていたのに。中は人が沢山いて戸惑う。辺りを見回してもインフォメーションが見当たらなくて、仕方なく目立たないように正面のカウンターに向かった。

「こんにちは～。どうかしましたか？」

二十代初めくらいの、リスのように前歯がちょっと大きい女性が、目が合った私に向かって会釈してくれる。天の助けとばかりに、華さんと伝兵衛さんを胸に抱えてカウンターに滑り込む。折角話しかけてくれたチャンスを無駄にできない。

「あ、あああの！　ちょっと人を捜していまして……」

「人？　神蔵町の人かな？」

お姉さんは初めこそ驚いた顔をしたけれど、私を落ち着かせるように微笑んだ。

「多分、そうだと思います……」

「ちょっと、神蔵町だけじゃなくて、隣町の元蔵町かもしれないわよ」

華さんがバッグを持っていた私の手をぺしりと叩いた。小さな衝撃を受けて、目を向けると、バッグから華さんが顔を出していた。

ひやりと全身が凍り付く。慌ててお姉さんを見たら、変わらずにこにこしていた。よかった。気づいていないみたいだ。

「あら？　キセル？　初めて見たわ。珍しい～」

　しかも興味深げに華さんをしげしげと眺めている。

　やっぱり私以外に視えていないんだ。

　半信半疑だったけれど、蘇芳さんや伝兵衛さんが言っていたことが正しかった。

「あの、実はこのキセルの元の持ち主を捜しているんです。神蔵町か元蔵町の方で、山口祥平さんという方なんです。戦後にこちらに住まわれた方で、すでに七十代以上のご老人だと思うんですが」

「山口祥平さんね……。うーん、聞いたことないわねえ。ねえ、皆も知ってる？」

　お姉さんが呼びかけると、仕事をしていたおじさんやおばさんたちが首を傾げる。

「役所に勤続四十年近くになるけれど、神蔵町に『山口』さんはいても『山口祥平』さんって人は知らないなあ。元蔵町の人じゃないかい？」

　一番奥に座っていた、恰幅のいいおじさんがわざわざ仕事の手を止めてくれた。

「あの、元蔵町のことに詳しい方って……」

「元蔵町は神蔵町と違って人口が五万人以上いるしなあ。神蔵町はせいぜい三百人くらいしかいないから、もしいたらこの中の誰かが知っているんだけどねえ」

　思わずがっくりと肩を落とす。

「あの、戸籍や住民票で調べてもらうことってできますか？」

尋ねると、お姉さんは困ったように眉根を寄せた。

「ごめんね。戸籍や住民票の取り寄せは、親族だったり、お金を貸しているとか特別な理由がないと駄目なのよ。もしかして山口祥平さんのお孫さんかしら？」

「い、いえ、孫じゃないんですが……」

「なら残念だけど無理ね。ごめんなさい」

「いえ……、ありがとうございました」

「見ない顔だけど、夏休みでこっちに遊びに来たの？」

「この夏から神蔵町に住むことになりまして」

「あら？　そうなの？　越してくる子なんて滅多にいないから驚きだわ。神蔵町は小さい町だけどいいところよ。ねえこの子、最近越して来たみたいよ」

お姉さんが声を掛けると、傍で仕事をしていたおばさんやおじさんが、興味津々にわらわらと寄って来る。つい後ずさりしかけたけれど、ぐっと堪える。

「で、神蔵町のどの辺に越して来たの？　私は塚下純美！　よろしくね！」

お姉さんは、にこにこと明るく話しかけてくれて、助けられるように私も口を開く。

「ええっと、越して来たばかりでまだ上手く説明できなくて……」

「ああ〜、そうよね〜。なら、あなたの名前は？」

「す、すみません、上倉結花です。あ、あの、よろしくお願いします」

取り乱しながらも頭を下げると、途端に場が静まり返り、誰からも反応がなかった。

無視された？　とひやりと体が凍り付く。恐る恐る顔を上げると、純美さん含め、その場にいた全員が目を丸くしてぴくりとも動かず私を凝視していた。

なぜそんな反応をされるのかわからず、戸惑いのまま私も同じ顔をして固まった。

音が消え、時間の流れも曖昧になっていると、ガタガタと自動ドアが開き、こちらに向かって歩いて来る足音がやけに大きく響いてきた。

「――おい、皆で何やってるんだよ」

と、低い声が傍から響いて、小さく飛び上がってしまった。恥ずかしさを振り払うように勢いよく振り返ると、そこには同い年か少し年上の男の子が立っていた。

肌は健康的に焼けていて、学校の制服なのか、半袖のワイシャツに黒いズボンを穿いていた。白い半袖から伸びる腕は筋肉質で、竹刀が入っていそうな革の長い袋を持ち、大きな黒い鞄を軽々と背負っている。短髪に鋭い眼差しは、まるで鷹。女子の人気を独り占めしそうな人だけど、目が合ってもにこりともせずに、こちらをじっと見つめてくる視線の強さに、体も心もぎゅっと委縮する。

ここに来て初めて会った同年代の人だ。ど、どうしよう。怖い――。

「見ない顔だな。誰だ？」

私よりも十五センチほど上から、まじまじと降り注ぐ容赦のない視線に、全身がさあっと冷たくなって委縮する。気づけば勝手にじりっと左足が下がっていた。

怯(おび)える私に短い溜息を吐いて、気を取り直したように彼は顔を上げた。

「俺は丹波宏光(ひろみつ)。お前は？」

尋ねられたけれど、彼の名前に聞き覚えがあった。

「丹波って……」

「何だよ」

「補佐役の……」

つい呟くと、みるみるうちに彼の目が大きく見張られる。

気づけば純美さんたちは、私と丹波くんを遠巻きに囲んで興味津々に見ていた。

「お前、もしかして……」

彼の手が私の腕を掴もうとした瞬間、思わず駆け出していた。

「ごめんなさいっっ」

叫んだ私の声が幾重にも広がって、余韻(よいん)が消える前に全力で市役所を後にしていた。

三

逃げてしまった……。

市役所でのことを思い出しながら、悶々と寝返りを打つ。

結局山口祥平さんに繋(つな)がる有益な情報を得ることができないまま、私は家に急いで帰り、華さんから延々とお叱りを受け、伝兵衛さんと蘇芳さんが私を庇ってくれた。

その間も脳裏に浮かんでいたのは、あの丹波宏光と名乗った男の子の目。

東京でもあまり見ないような硬派でかっこいい人だった。そしてあの強い瞳。

彼が上倉家の補佐役である丹波家の人なのだろうか。でもまさか私と同い年くらいの人がいたなんて知らなかった。今は絶縁中だと聞いたけれど、もしかしたらこの先関わることがあるのかもしれない。ぎゅっと膝を抱えて丸くなる。

嫌だな。同年代の人は怖い。

《結花なんて、友達じゃないし。えー、向こうからあたしのところに来るだけだよ？　うざいけど、突き放したらかわいそうでしょ？　ええ？　あたしが一番仲いいのは結花じゃないよ。別の子だよ》

《結花って、いっつも誰かの顔色窺って相槌打ってるだけじゃん。あの子の本音とか聞いたことないけどね。こっちが何か提案しても、いいよって言うだけだし》
《付き合い悪いの最悪でしょ。お母さんお母さんって小学生じゃあるまいし。まあお母さんのことはかわいそうだと思うけど、悲劇のヒロインぶられても、いい加減ねえ》
　耳の奥が、ざわざわする。閉じた瞼の裏に、思い出したくない光景が蘇ってくる。
《――じゃあ、無視しよっか》
　怖い。怖い、怖い怖い。
　人間が、怖い。
　偶然聞いてしまった言葉が信じられなかった。どうしてそんなにも楽しそうに、誰かを傷つけるようなことを言えるんだろう。目の前のことを信じたくなくて、無理やり普通に振る舞ったのに。
《ねえ、どうしたの？　放課後、渋谷(しぶや)にケーキ食べに行くんだよね？》
《……あーうん、……行くんだったね》
《あ、ねえ、昨日のドラマでさ、》
《ねえねえ、これ見て！　この間の写真加工してみたんだあ！　ＳＮＳのグループに送っておくね！》

《え、写真って……。グループって……》
《ありがとうーっ！　あ、来た来た。ちょっとあんた、自分だけめっちゃ可愛く加工してない⁉　盛りすぎだって！　この時のカラオケ、すっごく楽しかったねえ》
私のスマホはいくら待っても一向に鳴らなかった。もちろんカラオケも行っていない。しかもどうやら私以外の三人だけのＳＮＳのグループがあるらしい。
《あ！　ここのケーキ屋さんっ！　着いた着いた！　早く入ろーっ》
《いらっしゃいませ。四名様でよろしいでしょうか？》
《は？　違うし。三人でーす》
《えっと……私は……》
《だからあ、三人だって言ってるじゃん。あ、あそこのテラス行こーっ》
きゃははと笑う甲高い声が、低い天井に跳ね返って幾重にも反響する。
店員さんが私を見て困ったように苦笑いしたのが、目に焼き付いて離れない。
惨めで、消えてしまいたくなった。
でも、消える勇気がない。
ぽつりと一人、店内の片隅でケーキを食べる。その間もちらちらと私を見て笑いあっている友達。ケーキの味なんてしない。執拗な視線に、身体が震えてくる。

あの子たちを、友達と呼んでいいのだろうか。

でも、離れられない。もし離れても、クラスの他の女子のグループに今更入れてもらえないだろう。一人は嫌だ。もしも夢だとしたら、早く覚めてほしい。

今自分に起こっていることが何なのかもわからなかった。始まりは、あまりにも唐突で、あまりにも強烈だった。足元からずぶずぶと暗い闇の中に引きずり込まれて、これが今なのか過去のことなのか、夢なのか、現実なのか理解できずに混乱する。ただ、ひたひたと誰かが裸足で歩いて来る音が響いていた。そうして私の傍でぴたりと止まる。

「私……、お母さんを追って、死ねばよかった……」

つうっと目尻から熱いものが滑り落ちる。

「そうしたら、あんな思いをせずに済んだのに。こんな私なんて生きている価値もないのに。ごめんなさい……、私……。さっさと消えればよかったのに……」

喘ぐように懺悔を繰り返す。一体何に対して謝っていたのか最早わからない。ただひたすら、ごめんなさいを繰り返す。

すると傍に立っていた人がそっと私の髪を撫でたような気がした。

誰？　お父さん？　それとも蘇芳さん？

瞼を開けたいのに、撫でてくれる手が優しすぎてさらに眠りの底に落ちていく。

そのまま深く眠ってしまい、目が覚めたら清々しいほど気持ちいい朝が訪れていた。

蔵に掛かっている南京錠を引っ張ってみると、ガチッと金属音が鳴った。何回か引っ張ってみたけれど、開くことはない。昨日鍵を掛けたのは私自身だ。

だとすると、微睡の中で誰かが私の頭を撫でてくれたのは、やっぱり夢——？

蘇芳さんかもしれないと思ったけれど、鍵が閉まっている以上勝手に出て来られるわけがない。ポケットに入れていた鍵を取り出して南京錠を外した、その時——。

「——おい」

突然の呼びかけに驚いて、蔵の鍵が手から滑り落ちて土の上に落ちる。

拾うよりも先に誰かの手が伸びて、鍵を手に取る。上げた顔に見覚えがあった。

「お前、やっぱり上倉家の娘か」

昨日市役所で会ったあの男の子、丹波宏光くんだった。

「ああああの、すすすみません！　昨日ちょっと驚いて、逃げちゃって……」

思い切り動揺してしまって恥ずかしい。頬が熱くなるのが自分でもわかった。

「別に。あんな大勢に囲まれたら、逃げる気持ちもわかる」

思ってもみない肯定の言葉に拍子抜けした。恐る恐る顔を上げてみたら、笑顔はないけれど、怒っている雰囲気もない。

「ほ、本当にすみませんでした！　私、上倉結花です！　じゃあこれで！」

蔵の戸を勢いよく開けて、その中に滑り込もうと思ったけれど、丹波くんが片手で蔵の戸を押さえつけたせいで、私の目の前でむなしく戸が閉まる。

「また逃げるのかよ」

「に、逃げたわけでは……」

目線を上げると、至近距離に丹波くんの顔。あれ？　こ、この体勢……。図らずも壁ドン？　え？　え？　今時⁉　えええぇ！

「っっ！」

急激に体中の血液が沸騰する。火を噴くほど顔が熱くなって、思わず丹波くんを突き飛ばしていた。

丹波くんは後ろに二歩ほど下がり、軽く咳払いをして私にギロリと鋭い目を向ける。

「ごごごめんなさいっっ！　思わずっ！」

どんどんドツボにハマっていくようで、もうどうしたらいいかわからず涙目で母屋に向かって駆け出していた。

「おい！　待てよ！　これ、いいのかよ！　鍵！」

ハッとして急ブレーキ。滑って転びそうになったけれど、彼の手にあるのは紛れもなく蔵の鍵。そうだ、さっき落とした時に拾ってくれたんだった。

このまま逃げたい気持ちがすごくあったけれど、あの鍵は大事な蔵の鍵で……。鍵がなかったら、蔵の中の付喪神たちが勝手に出歩いてしまう。それは駄目だ。でも丹波くんの傍に戻るのはちょっと……。

パニックになって何も考えられなくなる。でも付喪神を野放しにするほうが、何が起こるかわからないという結論に達して、行ったり来たりしながら丹波くんに近づく。

「ありがとう……ございました」

何とか丹波くんの前までたどり着き、ぼそぼそ呟いて手を出すけれど、一向に金属の重みが掌に載らない。しばらく俯いたまま待ってはみたものの、ついに痺れを切らして顔を上げると、丹波くんが興味深げに私を覗き込んでいた。

思わず目が合ってしまって逸らそうとしたけれど、どういうわけか逸らせない。

心臓がさらに跳ね上がって、熱い空気が充満しているのに指先から凍り付いていく。

「昨日、『補佐役』って、意味をわかっていて言ったのかよ」

そういえば、確かに言った。別に意図して言ったわけではなく、単純に丹波家と補佐役が私の中で同意語だったから。上手く説明したいのに、言葉が出てこない。言い淀んでいる私を急かすわけでもなく、丹波くんは依然黙って私を見つめている。

「あ、あの、意味はよくわからない……、です。ただ、ちょっとある方から、丹波家は上倉家の補佐役だったって聞いて……、つい口走ってしまっただけで……」

しどろもどろな自分に幻滅する。でも頑張って何とか伝えると、丹波くんは私に文句を言うわけでもなく、「そうか」と頷いただけだった。

「で、俺がお前の補佐役になると思ってんの？」

「めっ、滅相もないです！　現に補佐役って何を補佐するのかもよくわからないですし！　それに、丹波家と上倉家は絶縁状態じゃ……」

「別に俺は絶縁してねえし。絶縁してるのは、俺のばあちゃんだけだから。まあ俺の親は、ばあちゃんに頭上がらないから、ずっと絶縁のままだけど」

だとしたら、丹波くんもそうではないのだろうか。

「お前も聞いてると思うけど、神蔵町は代々上倉家が治めて、丹波が補佐をしていた。でもそれも戦後十年くらいまでの話で、俺のばあちゃんとお前のじいさんの国芳さんが大喧嘩をして、以来上倉家と丹波家は絶縁状態だ。今ちょうどばあちゃんはヨーロッパ一周旅行に行ってるから、八月の半ばまで帰ってこないけどな。でももし帰ってきて、のこのこ会いに行ったら、お前殺されるぞ」

「殺されるなんて、そんなこと……」

ないと言おうとしたけれど、丹波くんの目があまりに真剣で、二の句を継げなくなる。両家の遺恨は私が思っているよりも深いんだ。

「俺は上倉と絶縁だとか、全然考えたことはないけどな。麻里さんもいい加減だけど、いいヤツだったし」

「麻里さんのこと、ご存じなんですね……」

お父さん以外の口から麻里さんの名前が紡がれるのは、すごく新鮮だった。だからなのか、さっきから丹波くんの話すことが気になる。

「小さい町だし知ってるさ。俺と同い年の姪っ子がいるって言ってたけど、お前だろ」

え。もしかして……。

「私、今年で十六です。高校一年ですが……」

「俺もそうだけど」

しれっとそう言った丹波くんを、ついまじまじと見つめてしまう。落ち着いた雰囲気だから、一つか二つ上くらいかなと思っていたのに。

「お前も川向こうの元蔵町の元蔵高校に通うんだろ？　治さんから聞いたって父さん

が言ってた。俺もあの高校だから」

つまり丹波くんは私と同い年で、九月から私が通う高校に通っているらしい。夏休み中に同じ高校の知り合いが一人でもできればいいなとは考えていたけれど、丹波くんは素っ気無くて笑顔もないし絶対に仲良くなれそうもない種類の人だ。

前途多難。そんな言葉が頭に浮かぶ。仲良くなれたらいろいろ聞けるけれど……。

「困ったことがあれば、俺に頼れ。いいな？」

顔を上げると丹波くんは私をじっと見ていた。沈んだ心が一気に浮遊する。今まで誰かにそんなことを言われたことはなくて動揺したけれど、胸に淡い熱が灯った。

「ありがとうございます……」

感謝を表したくて、深々とお辞儀する。すると丹波くんが私の頭を小突く。

「敬語はやめろ。同い年なんだから」

真夏の日差しが、さらに強く煌めくのを感じる。

おずおずと頷くと、丹波くんがそれでいいと言うように、力強く頷き返してくれた。何とか会話は続いているけれど、ほんの少し話が途切れると、鍵のことが頭をよぎる。どうしよう、早く鍵を返してほしいな。そわそわし出した私を見て、丹波くんは私の心境を知ってか知らずか手に持っていた鍵を太陽にかざす。

「……蔵の鍵、か」

「あの、返して……」

「お前、『山口祥平』について調べているんだろ？　昨日、市役所の純美さんが言ってた。手伝ってやろうか？」

「えっ」

とってもありがたい。正直、この町のことを何にも知らないに等しいから、誰かよく知っている人がいたら、一気に進展するだろう。

でも、容易くお願いしますとは言えない。やっぱり毎回顔色を窺ってびくびくするよりは一人で捜したほうが……、と考えていたら、誰かが私のふくらはぎをぺしぺしと叩く。弾(はじ)かれたように目を向けると、あろうことか華さんが私の足を叩いていた。

ぎょっとして飛び上がりそうになったのを、何とか堪える。

慌てて蔵の戸を見ると薄く開いていた。その隙間を通って、華さんは外まで出て来たみたいだった。

大丈夫、落ち着いて私。丹波くんには付喪神が視えないはず。

昨日だって純美さんには視えなかったし、大丈夫……。

「とりあえず鍵を返し……」

返事を濁しつつ鍵を返してもらおうとしたら、丹波くんが私の足元を凝視していた。

さあっと体中の血液が上から下へと急激に落下する。

沈黙が私たちの間に流れ、蝉の声が溢れるように満ちていく。しばらく二人で黙ったまま、じりじりと太陽に焼かれていた。

──もしかして、丹波くんには視えている？

伝兵衛さんも蘇芳さんも、上倉家の血を引く人間の中でも選ばれた人間にしか付喪神たちを知覚できないって言っていたのに……。

ただただ固まっていた私たちの時を動かしたのは、華さんの喚き声だった。

「ちょっと結花！　こいつが手伝ってくれるって言ってるんだから、甘えなさいよ！　ここに来て日の浅いあんた一人じゃ、いつまで経っても見つからないわよ！」

「……喋った」

完全に見えている。しかも聞こえている。

もしかして丹波くんと私は兄妹、とか……。そんなバカなと首を横に振る。

「おい、お前には視えないのかよ」

「えっ、あ、視えます、じゃなくて、視えるよ」

視えるよと言った傍から後悔する。敬語をやめることに気を取られていたけれど、視えないって言っておけば誤魔化せたかもしれないのに。

混乱している私を後目に、丹波くんは勢いよく華さんを摑んだ。

「……何だこれ。このキセル、何？　目がある」

「う、うん。何だろうね」

「ごまかすなよ。確かに目があるんだよ」

はぐらかす私に苛立ちを隠せないように、丹波くんが睨みつけてくる。言葉に詰まっていると、彼に向かって罵声が飛んだ。

「あんた、丹波家の者なんでしょ⁉　上倉家に逆らうな、バカ！」

その声に、丹波くんが自分の手元を見た瞬間、華さんが丹波くんの指にがぶりと嚙みついていた。驚いた丹波くんが、華さんと蔵の鍵を放り投げる。

「あっ、華さん」

華さんは、くるくると弧を描いて華麗に着地した。そして蔵の鍵は私の掌に美しい放物線を描いて収まった。

「……痛っ！　おい今、キセルが！」

丹波くんが地面で仁王立ちしている華さんに向かって声を荒げる。

「ごめんなさい！　あの、華さんにはよく言っておくから……！」

怪我をしていないかと駆け寄ると、丹波くんは不思議そうに何度も目を瞬いていた。

「……華？」

丹波くんは心底腑に落ちないと言うような顔で、私を見た。

「もうただのキセルにしか視えないんだけど」

その時、ふわりと赤い着物が私と丹波くんの間に滑るように舞ってくる。そして私たちの目の前で、赤い着物は男の人に姿を変えた。

丹波くんは、目の前で人になった蘇芳さんを、呆然と眺めていた。

「蔵の前でわいわい騒いでいたから、うるさくて眠っていられなかったよ」

蘇芳さんは大きくあくびをした。口許を塞いだ手を、丹波くんが勢いよく摑む。

「お前……、何だ？　着物が人になったように見えた」

「だって僕、着物だもん。名前は蘇芳だよ」

蘇芳さんは、今日の天気は晴れだねとでも言うかのように、さらりととてつもなく重大なことを丹波くんに告げた。丹波くんはさらに深く眉を顰め、パシッと音を立てて蘇芳さんの手を振り払った。

「上倉家の蔵には化け物が棲んでるって聞いたことがあるけど、本当だったんだな」

「あのねえ。僕らは確かに化け物だけど、敵対する意志はないよ」

「――付喪神、か」

どうして知っているのか。言い当てた丹波くんに、思わず目を泳がせる。

「なんだ。僕らのこと、ある程度知っているんだねえ。ご名答だよ。丹波宏光くん」

ふふっ、と、蘇芳さんの挑発的な笑い声が風に乗る。

「何で俺の名前……」

「蔵の前で大事なことは話さないほうがいいよ。扉が開いていれば、全部中の付喪神たちには筒抜けだからね」

蔵の扉の隙間から、伝兵衛さんをはじめ、多くの付喪神たちがこちらを興味津々で覗いていた。私と目が合うとバツが悪そうに顔をひっ込める。

「付喪神のことは、町に古くから伝わる昔話で聞いただけだ。この辺に住んでいる人たちは皆知ってる。でも皆、ただの言い伝えだと思っているんだろうけどな」

「――でも君は視たね」

蘇芳さんがずいっと身を乗り出して、丹波くんを覗き込む。突然の至近距離だったけれど、丹波くんは微動だにせずにこくりと頷いた。

「キセルに目や手足とかがあった。でも急に視えなくなった」

「上倉家の人間でも、結花みたいに選ばれた人間以外には視えないんだよ。でもね、ただの人間にも視えるようになる方法はあるよ。教えてあげてもいいけど、でも……」

「何だよ、話せよ」

「――君に化け物を視る覚悟はある？」

蘇芳さんは唇を横ににいっと広げる。ただそれだけのことなのに、どういうわけかぞっと背筋に寒気を感じる。

「いい子だから、お帰り。今日視たことは全部忘れたほうがいいよ。もしよかったら、僕が記憶を消してあげようか？」

提案した蘇芳さんに、丹波くんは無言で身を引く。

「別にいい。お前らのことは誰にも話さないし、心配するな」

「さすが丹波の息子。ただね、僕らの中には丹波家をよく思わない輩も多い。ここに来る時は、背後から襲われないように気を付けるべきだね」

「だとしたら尚更、記憶を消されたら困るけど」

「確かにね。とりあえず、僕らに関わる覚悟を決めたら、またおいで。あ、ねえ」

「何だよ」

「曜子は、君の祖母に当たるのかな？　生きているの？」

そう言った蘇芳さんに、丹波くんはしばらく窺うように考えていたけれど、無言で頷き、背を向けて長屋門に向けて歩き出す。曜子って旅行に行っているっていう、丹波くんのおばあさんのことなのかと考えつつ、咄嗟に丹波くんを追いかけていた。

「あ、あの。どうして落ち着いてるの？　付喪神なんて、信じられないでしょ？」

「別に。俺もお前も同じものが視えていたなら、疑いようもねえよ」

どうも丹波くんはざっくり物事を考えるようだ。

「とりあえず今日は帰る。何かあったら家に電話しろ」

「え？　家？　携帯は……」

「持ってねえよ。ここは電波も不安定だしな。じゃあな」

長屋門から石段を下りて、田んぼの間のあぜ道を駆け抜けていく丹波くんの背を、ただ呆然と見つめていた。

四

「こういうことを行き詰まりって言うのよねえ」

華さんは長い長い溜息を吐きながら、硝子の小箱の上に座って頬杖をついている。

「ご、ごめんなさい……、私頑張りますから……」

「どう頑張るって言うのよ。あんたどうして丹波の息子が力を貸してくれるって言った時に、頼まなかったのよ」

何も言い返せずに腿の上に拳を作って俯いたけれど、華さんは延々と説教を続けた。するど急に背中にべたっと衝撃が走る。え、何!? と思って振り返ると、ムササビの飛丸が私の肩に張り付いていた。

「おい、あんまりこいつをいじめるなよ」

もしかして、飛丸は心配してくれているのだろうか。張り付く熱がじわりと私にも伝わって、強張った心が息を吹き返す。

「うるさいわね。いじめたくもなるわよ。なーんにも成果がなかったのよ。あー、もうこんな感じで見つかるのかしらー!」

華さんの苛立ちが頂点に達したのか、膝を抱えて顔を伏せてしまった。

「あ、あの私、明日また聞き込みに行ってみますね」

聞き込みなんてできるだろうかと不安になったけれど、華さんがちらりと顔を上げてほっとしたように頷いたのを見たら、やれるだけやってみようという気になる。私ができることは限られているかもしれないけれど、全力は尽くしたい。そんな風に素直に思えるようになっていた。

今日こそはナスの揚げ浸しを作る、と心に決めて包丁を握る。

さっき別れたばかりだけど、丹波くんは結局付喪神の記憶はそのままでいいのだろうか。誰だってこんな不可思議な事に関わりたくないだろうに。

暗い気持ちになりながらもナスに包丁を入れようとした時、ジリリリンと電話が鳴った。ここに来るまで見たこともなかった黒電話の重い受話器を持ち上げる。

「はい、上倉です」

『宏光だけど』

「えっ？　丹波くん⁉」

思いがけない人からの電話に、一気に緊張が襲ってきた。まさか丹波くんから電話をもらうなんて考えてもいなくて、言葉が消え失せてしまったかのように出てこない。

『あのさ、山口祥平のこと、少しわかったぞ』

受話器の向こうから唐突に投げ込まれた言葉に、頭が真っ白になる。少しわかったって、な、なんだっけ。

『あの後、ばあちゃんに電話して、聞いたら教えてくれた』

「えっ、曜子さんはヨーロッパにいるんでしょ？　まさか話してくれたの？」

驚きが勝って、声が震える。まさか丹波くんがそこまでしてくれるなんて。

結局はっきりとお願いできなかったのに、自主的に調べてくれたのだろうか。

『い、いや、暇だったし……』

だから気にするな、と言っているのがわかった。あんなことがあったけれど、私たちのことを気にかけてくれたんだ。でもそれを言葉にしない丹波くんに、口許が綻ぶ。

「よく曜子さんが教えてくれたね」

『上倉のことは言ってねえよ。単純に俺が捜してるってことにした。そうじゃないとばあちゃんは絶対教えてくれないだろうしな』

「そうだよね……。あ、あの、本当にありがとう。すごく助かりました！」

『敬語使うなよ。とにかく山口祥平のこと、少しわかった。やっぱり、六十年くらい前に神蔵町にいた。事業に失敗して、神蔵町の親戚の家に身を寄せていたってよ。俺の家の四軒隣だった。でもその後、川向こうの元蔵町のどこかに引っ越したって。元蔵町のことはばあちゃんも詳しく知らないし、親戚もその後どこかへ越したってさ』

――知らない。張りつめた糸が切れるように、急に力が抜ける。がっくり肩が落ち、華さんが心配そうに私を見ていた姿が脳裏に浮かんだ。

「ありがとう。元蔵町に行ったたってわかっただけで十分。さっきまでは何の手がかりもなかったから、丹波くんのおかげで大きな前進だよ」

お礼を言うと、丹波くんは黙ってしまった。言葉を探している風ではなく、単純に何か考えているみたいだったから、私も沈黙する。しばらく経つと受話器の向こうから困ったような声が響いた。

『川向こうの元蔵町はここよりも断然栄えていて広いぞ。山口なんて名字、わんさかいるだろうが、捜せるのかよ』

「不安だけど、頑張るよ。とりあえず華さんたちと話し合ってみる。あの、丹波くん。どうして手伝ってくれたの？」

『気が向いたから。あの着物のヤツに言っておけよ。俺は覚悟があるって』

――君に化け物を視る覚悟はある？　そう尋ねた蘇芳さんを思い出す。

『別に深い理由はないけどな。単純に面白そうだろ』

「でも危険かもしれないよ。丹波家をよく思わない付喪神もいるって……」

『気にしねえよ。とにかく、俺も手伝ってやるよ。人捜し』

鬱々（うつうつ）と淀んでいた心の中を、強く吹き飛ばすような一陣の風が吹いた。あの時頷かなかったことを、後悔していたのは事実。

甘えても、いいのだろうか？　緊張したけれど、勇気を振り絞る。

「……お願いします」

　小さな声で呟くと、丹波くんは『何かわかったら連絡しろ』と言って、電話を切ってしまった。私も受話器を置き、そのまま蔵へと足を向ける。お父さんには悪いけれど、これで今日も素麵のみで決定だ。


「ええ？　丹波の息子が？」

「はい。わざわざ曜子さんに電話してくれたんです。山口さんはしばらく丹波家のすぐ傍に住んでいたそうですが、その後川向こうの元蔵町に引っ越したみたいです」

　華さんは、顔をぱっと輝かせた。でもすぐに曇った顔になった。

「二十年前のことしか知らないけれど、元蔵町は栄えていたわね。捜せるかしら」

「戸籍や住民票では捜せそうにないですし……」

　不安げな華さんを、励ましたいのに上手く伝えられない。どう言おうか逡巡していると、蘇芳さんがなぜか得意げな顔をしていた。

「元蔵町のことなら、清に聞いたら？」

　清さんって誰だろう。首を傾げた私に蘇芳さんは含み笑いをして蔵の奥に行き、しばらくして大きなダルマを抱えて来た。もしかして……。

「ダルマの清さんだよ」

「うす。見習い鍵守殿。よろしく」

蘇芳さんがダルマの清さんを床に置くと、清さんがお辞儀をしてくれる。でもお辞儀が深すぎて、戻る時に左右に大きく振れたから、反射的にがしっと摑んで止める。

「あ、あの、元蔵町のこと、よくご存じなんですか？」

「うす。戦前から平成に年号が変わるまで祀られていたのが、元蔵町の神社です」

「実は人を捜していまして、山口祥平さんという人をご存じではないですか？　最近ではなくて、戦後二十年ほど経った後のことなんですが」

清さんは考えているのか、左右にゴロゴロ体を揺らした。

「どんなお人ですか？　姿、形などは……」

清さんが尋ねると、華さんは照れ臭そうに目を伏せる。

「ど、どんな人……。そうねえ、すらっとした背の高い人で、いつも背広姿だった。右目の下に二つ並んだ黒子があって、あとは右手の甲に、パッと見てわかるほどの大きな傷痕があったわ。戦争で受けた傷って言っていたけれど……」

「二つ並んだ黒子に、右手の甲に傷……」

呟きながら、清さんがさらにゴロゴロと左右に大きく体を揺らす。倒れてしまわないかと不安になったけれど、さすがダルマ。倒れない。しばらく全員黙って見守っていると、清さんの体がぴたりと動きを止めて大きな目がこちらを見据えた。

「……何となく、覚えがあります」

「ええっ⁉　本当ですか⁉」

驚いて声を上げる。耳を疑いながらも華さんを見ると、私以上にびっくりしたのか、ぽかんと口を開けてのけぞっていた。

「特徴に該当する男性が、よく神社に来ていたのを覚えています。確か宮司の友人で、儂の前で楽し気に話をしていました」

「どこに住んでいたかはわからないですよね？」

「そこまではわからないですが、頻繁に宮司に会いに来ていましたから、恐らく神社の近くに住まわれていたと思います。儂がいたのは神明社という名の神社ですよ」

あまりの感激に、清さんを抱え上げて強く抱きしめる。

「ありがとうございます、十分です！」

よかった！　捜索範囲が一気に狭まった！

「ええ〜。ちょっと君。僕にも抱き着いていいんだよ？」

「すみません、私電話してきます！」

蘇芳さんが何か言っていたけれど、舞い上がっていたせいで完全に無視する形で母屋に戻る。もしかして、と思い、黒電話の傍に置かれていた古い電話帳を開いてみると、予想通り丹波家の電話番号が書いてあった。

早く丹波くんに電話して……、と思ったけれど、家に電話を掛けるということは、丹波くん以外の人が出るかもしれない。急激に緊張して、まるで魔法に掛かったように黒電話のダイヤルを回せなくなってしまった。

どうしよう、自力で調べようか。そうだ、スマホ……。ポケットに入っていたスマホを引っ張り出して、『元蔵町　神明社』と検索してみる。すると神社の最寄りのバス停が書いてあった。でも私の家の最寄りのバス停がわからない。しかもコミュニティバスってどうやって乗るんだろう。東京と同じく前払い式だろうか。

またうじうじした自分が頭をもたげてくる。明日見知らぬ人に声を掛けるよりは、今思い切って丹波くんに電話したほうがまだいいかもしれない。何度か尻込(しりご)みして悩んだけれど、三十分くらいうろうろした後、意を決して受話器を摑んだ。

『もしもし、丹波です』

「あ、あのすみません、突然お電話して申し訳ありません、私、上倉結花と申します」

電話に出たのは女性だった。丹波くんのお母さんだろうか。き、緊張する。

『えっ、上倉って、治くんの娘さんの⁉』

「そうです、ご挨拶が遅れまして申し訳ありません」

『いえいえ、こちらが出向くべきなのに……。この間一度お邪魔したけれど、深夜だったからご挨拶できずにごめんなさいね～』

やっぱりあれは、丹波家の人だったんだ。

『丹波アキと申します。よろしくね。また改めてご挨拶に伺うわ。もちろん困ったことがあったら頼ってちょうだいね。それで今日はどうしたのかしら？』

「あ、あの、丹波くん、ではなく宏光くんいらっしゃいますか？　お話ししたくて」

アキさんは急に黙り込む。どうしたのかと尋ねようとしたら、突然叫んだ。

『いるいるっ！　すぐに呼んで来るわ！　切らないでね！　絶対に！』

なぜかものすごく念を押されて、保留音に変わる。何だろう……謎。と考えていたら、不機嫌そうな声で丹波くんが電話に出た。

『……なんだよ。なんかすっげえ母さんがうるせえんだけど』

やっぱりアキさんは丹波くんのお母さんだったんだ。

「え？　何で？」

『……別に。で、どうした？』

その時、受話器の奥から『結花ちゃんをデートに誘っちゃいなさいよー！』というアキさんの声が響いてきた。急激に頬が熱くなって、顔から火が出そうになる。

「ごめん……。今私何か誤解されてる？」

『気にするなよ。後でよく言っておく。で、何だよ』

「う、うん。あのね、さっき丹波くんが、山口さんが川向こうの元蔵町にいるって教えてくれたでしょ？　蔵の皆に聞いてみたら、ダルマの清さんを紹介してくれたの」

『ダルマがどうした』

「清さんが、山口祥平さんが通っていた神社に奉納されていたらしくて、山口さんを知っていたの。どうやら神社の宮司様と友人で、宮司様に会うためによく訪れていたみたい。頻繁に神社に通っていたから、近くに住んでいたんじゃないかなって。だからもしかしたら神社の近くに手がかりがあるのかもって思って」

『どこの神社だよ』

「神明社。明日行ってみようと思ってるの。でもどうやって神明社まで行ったらいいか教えてもらいたくて。あの、私の家の傍のバス停とバスの乗り方って……」

結局、丹波くんを頼ってしまった。迷惑がられているかもしれないけれど、今は丹波くんが頼みの綱だ。

『わかった。明日部活が終わったら、お前の家に行く。神明社なら連れて行ってやるよ。お前、まだ土地勘ないだろ』

「い、いいの？　ありがとう……」

まさかの展開に、恥ずかしさが襲ってくる。ちょっとだけ沈黙して、よろしくお願いします、とだけ告げて電話を切った。

まさか一緒に行ってくれるなんて。心臓がバクバク騒がしいのを落ち着かせるように、黒電話の受話器の上に手を置いたまま大きく深呼吸する。

迷惑、じゃないのだろうか。迷惑だとしたら、一緒に行くなんて言わないか。それに嫌だとは思わなかった。むしろ一緒に行くって言ってくれてすごく嬉しかった。

よし、私にできることは少しずつでもやろう。早速華さんたちに報告しないと。外に出ると、夜の帳（とばり）の上できらきら瞬く星が、さらに数を増やしているように見えた。

五

「お前なんか荷物多くねえ？」

「う、うん。ごめん。付いて行きたいって言って聞かなくて」

トートバッグの中には華さんと伝兵衛さん。そして……。

「ちょっと。手伝うとか言ったんでしょ？　結花に手を出したら容赦しないよ？」

バッグから顔を出した赤い着物バージョンの蘇芳さんを急いで押し込める。

でも丹波くんには聞こえていないみたいで、きょとんとした顔をしていた。

「そいつはいいとして、ダルマはないだろ。ダルマは」

ダルマの清さんを抱きかかえていた私に、丹波くんが溜息を吐く。

「だって、当時の神明社のこと知ってるの、清さんしかいないから」

「はあ。貸せよ」

丹波くんが清さんを無理やりバッグに押し込んで、皆一緒に持ってくれる。バッグからは「狭い！」「押さないでよ！」とか、喚き声が聞こえていたけれど、丹波くんは気が付かない。どうしてあの時付喪神が視えたり、声が聞こえたりしたんだろう。

「あの、今日は一緒に行ってくれて、本当にありがとう」

「別に。あと昨日、川向こうの元蔵町のヤツらに、山口祥平を知らないか聞いてみた」

「え？　調べてくれたの？　あ、ありがとう」

驚いて、丹波くんの顔を覗き込む。すると照れ臭そうに顔を背けられた。

「暇つぶしだよ。昨日お前から電話をもらった後に、ちょっと周りに聞いただけ」

丹波くんはさらっと言ったけれど、大変だったことが見てわかる。薄くクマができているし、もしかして寝る間も削ってくれたのかもしれない。

「でも山口祥平を知ってる人はいなかった。だから、たとえば結婚して名字が変わったとか。つまり婿入りしたかなって。それで、ばあちゃんにもう一回電話して聞いてみたら、案の定結婚して婿入りしたから川向こうに移ったって思い出してくれた」

「そっか……。じゃあ名字が違うかもしれない……」

「ばあちゃんは新しい名字を知らなかったからこれ以上はわからなかったけどな」

下の名前だけで、捜せるだろうか。不安になった私の意識を引き戻すように、丹波くんがトートバッグを開く。

「清、だっけ？　お前山口祥平の婿入り後の名字、知らねえの？」

丹波くんに応えるように、清さんがちょっと頭を出す。

「うす。確かに宮司は捜し人の男性のことを祥平と呼んでいた覚えはありますが、名字まではわかりません」

丹波くんは顔を上げて私に清さんの言っていることを伝えろと促す。慌てて清さんの言葉を伝えたけれど、通訳って緊張する。

困ったと思った時、急にバッグから着物がするりと抜け出して、人型を取った。

「そういえば、覚悟を決めたってこの子に言ったんだね」

丹波くんは驚くこともなく、蘇芳さんに向き直る。

「確かに言った。丹波家の者として、上倉家を補佐するのは当たり前のことだろう」

「いい心がけだね。『丹波家は補佐役でしかない』ってことを、忘れないようにね」

「うるせえな。わかってる。忘れねえよ」

二人の間に、なぜか火花が散っているような錯覚がする。

「丹波の息子のために通訳をするなんて僕のお姫様がかわいそうだから、ご褒美をあげるよ。ねえ、蔵の鍵を貸してよ」

蘇芳さんが唐突に私に向かって手を差し出した。

反射的に鍵を蘇芳さんに渡すと、蘇芳さんが短い呪文のようなものを鍵に向かって唱えた。そして丹波くんの手に鍵を握らせた。途端――。

「……視える」

トートバッグの中を覗き込んだ丹波くんは、しばらく呆然としていた。

そういえば、丹波くんが蔵の前で華さんを視た時、蔵の鍵は丹波くんが持っていた。

「もしかして蔵の鍵が……」

「そう。この鍵は元々僕らを封じ込めるためのもので、ものすごく力が強いんだ。僕ら付喪神を抑え込んでおける唯一のもの。実はこの鍵自身も付喪神なんだけれど、僕らのように人型を取ることも喋ることもない。その代わりにあらゆる場所の『鍵』を開け閉めできるんだよ」

「あらゆる場所って、物理的なものですか？」

　尋ねた私に、蘇芳さんは大きく頷く。

「物理的にも、精神的にもね。人間は、僕ら化け物を知覚するための扉を閉めて鍵が掛かっている状態で生活しているんだよ。だから僕らを視ることはできない。でも上倉家の選ばれた人間は、元々その鍵を自分で開けられるんだ」

「でも私、東京にいた頃は付喪神や幽霊を視たことがないんですが……」

「君は別の場所で生まれ育ったんだものね。今までそんな鍵守はいなかったから僕の予測に過ぎないけれど、恐らく蔵の影響を受けたせいで、目覚めたんだろうね」

　蔵の影響って、と思ったら、心の中に薄い靄（もや）が掛かったように晴れ晴れとしない。顔を伏せた私の代わりに丹波くんが蘇芳さんを問い詰めた。

「あの蔵は一体何なんだ。蔵の影響とか、何かあるのかよ」

「上倉家の蔵は特別。蔵自身が持つ不可思議な力があるんだ。でも蔵自体は何度か建て替えているから、建物ではなく土地が原因かなと僕は踏んでいるけどね」

「お前にもわからないのかよ」

「さあ。知っていてもまだ君には教えないけどねえ」

茶化した蘇芳さんに、丹波くんが鋭い視線を向けると、蘇芳さんは肩を竦めた。

「とにかく、これを持っていると、鍵の力で僕らを知覚できるようになるよ。鍵に宏光の名前を覚え込ませたから今のところ宏光だけにしか効力はないから安心して。どうやら宏光は元々蔵の鍵と相性がよかったから、この間、持っているだけでも僕らを知覚できたんだろうけど」

「付喪神との相性とかあるのかよ」

「おかしなことを言うね。僕らは各々性格がある。人間同士に相性があるように、僕らと人間にも合う合わないがあるよ。ああ、それと、鍵を体から離すと途端に視えなくなるから注意して」

「わかったよ。なるほどな」

丹波くんは頷いてジーンズのポケットに鍵を入れた。相変わらず状況に対して、颯爽と適応していく姿勢はちょっと憧れてしまう。蘇芳さんも着物の姿に戻り、丹波くんの持つトートバッグの中に収まった。

「とりあえず神明社で、七十代以上の『祥平』って人間を捜してみるしかねえな。念のため婿入り前の名字の『山口祥平』も捜してみるか」

そう言いながら、丹波くんは田んぼのあぜ道を歩き出した。私も並んで歩き出したものの、何となく無言になる。何か話さないと。話題を探した時に、前々から聞いてみたかったことを口にする。

「あの……できたら、この町のことを教えてもらえないかな？　私全然知らなくて」

「ああ。別にいいぜ。東京からなら、最寄り駅まで新幹線で一時間くらいだな。でも、そこから北東に約二時間くらい車で掛かっただろ」

「うん、最寄り駅までは新幹線で近かったけど、そこから遠かったよ」

山の間を縫うように奥へ奥へと入り込み、ようやく辿(たど)り着いたことを思い返す。傍には在来線や私鉄の駅もなく、最寄り駅から移動手段は車しかないみたいだった。

「見てわかるだろうが、神蔵町と元蔵町は標高が高い山に囲まれた盆地の中にある。盆地は北から南へ流れる川幅の広い、上川(かみかわ)って川で東西に分断されていて、東は神蔵町、西は元蔵町と分かれているんだ。その二つの町が数年前に合併して『神蔵市』になった。ただ今でも神蔵市神蔵町と、神蔵市元蔵町と土地も人間も内部ではっきりと分かれているな。対立とまではいかねえが、神蔵町は昔からの集落で人の出入りも多くないし、上倉家がある場所だからハードルが高いのか、元蔵町のヤツラから見ると、神蔵町は分不相応(ぶんふそうおう)な場所だとか言われるな」

「そんな分不相応だなんて……」

「東京で育ったお前にはわからないだろうが、ここら辺にはそういう根深い慣習が今も存在するんだよ。まあ、だからこそ頭の固い神蔵町にはコンビニもない。ある程度人の出入りがあって、柔軟な元蔵町のほうが発展しているのも納得がいくだろ」

スタバのスの字も、コンビニもない神蔵町。あるのはひたすら続く緑と、天を覆う青。そして遠くにはそびえ立つ山々。神蔵町は家と農地がパラパラと点在している集落で、大分過疎化が進んで、周りには子供もほとんどいないとお父さんから聞いていた。若い人たちは職を求めて近代化が進む隣の元蔵町や市外に住んでいるそうだ。

「神蔵町と元蔵町を結ぶのは二本の橋だけで、市営のコミュニティバスで、三十分ほどで行き来できるから。あ、ちょうどいいな」

丹波くんが、視線を私の後方に移す。

「あのバス乗るから」

丹波くんが指をさす方を見ると、小さなバスが走って来ていた。それに向かって丹波くんが手を大きく振る。

「バス停はどこ？」

「全部バス停」

「え？」と声を上げた時、バスが私たちの前で止まる。

「おー、丹波のぼっちゃん！　デートか⁉　こんな可愛こちゃんがぼっちゃんにいたなんて、おっちゃんに紹介しろよー、水臭いなあ！」

ドアが開くと同時に、車内中に聞こえるような大声で運転手さんが叫んだ。

えっ、何⁉　ぎょっとして固まっていると、丹波くんが無言でバスに乗り込む。

「川向こうの神明社まで行くから」

「神社デートか？　渋いねえ！　ってかなんでダルマ持ってるんだよ！　わかった！　あれだろ、恋愛成就したから納めに行くんだろ？　羨(うらや)ましいっ！」

「違うって。おい、来いよ」

手招きされて我に返る。すごい。こんなこと東京じゃありえない。

どんなに冷やかされても、丹波くんは涼しい顔をしているのを心から尊敬する。

顔が火照(ほて)るのを感じながら車内に乗り込むと、おばあさんとか、おじいさんとかが、皆ににこにこ嬉しそうに笑って私たちを見ている。

こ、これはもう、恥ずかしいどころの騒ぎじゃない。

「あんた、丹波のぼっちゃんを捕まえるなんて、男を見る目あるねえ。丹波家はここらへんでもとびきりの名家(めいか)でねえ……」

すかさず世話好きそうなおばあさんが話しかけてくる。

私たちは恋人同士じゃないなんて言える空気でもなく、車内はやいのやいのと楽し気な声が充満する。それにしても小さなバスの中には五、六人が乗っているけれど、丹波くんを含め、皆顔見知りみたいだ。東京ではまずありえない。

「そういえば、お嬢ちゃん見ない顔だねえ、どこの子？」

呆然としていた私に、傍に座っていたおばあさんが尋ねてくる。

「すすす、すみません！　名乗らずに失礼しました。上倉結花です！　最近この近くに引っ越してきました」

その途端、急ブレーキがかかった。

危ない！　と身構えたけれど、気づいたら私は丹波くんに支えられていて、他のおばあさんたちは、急ブレーキなんてどうでもいいというような顔つきで、私を見ていた。しんと静まり返っていたけれど、その中の一人が、恐る恐る口を開く。

「か、上倉？　治ちゃんが戻って来たことを聞いたけど……、娘さん？」

「は、はい」

頷くと、「えーっっ」という驚きの声と悲鳴が、車内に響き渡った。そしておじいさんやおばあさんが、ドドッと私たちのほうに駆け寄ってきて取り囲まれる。丹波くんは大して動じずに「うるせえな、危ないから座り直せよ」と呟いただけだった。

「なっ、なんで⁉　上倉家と丹波家は絶縁状態でしょう？　もしや解消したの⁉」

「なんだってえ⁉　ここ一番のニュースじゃねえか！」

しまいには運転手さんまで運転席を下り、私と丹波くんのところに駆け寄って来る。

「も、もしかして、神社でダルマを奉納ってことは……、二人の婚約……とか？」

きゃあ～、と車内にピンク色の声がこだまする。す、すごすぎる。どうしてここまで一気に話が飛躍するんだろう。どうやらここだと異性と二人でいるだけで、勝手にデートそして婚約認定されてしまうのかもしれない。

「全然違う。勝手に話を進めるな。上倉家と絶縁してるのは俺のばあちゃんであって、俺は違うから。別に俺とこいつが一緒にいたっていいだろ」

丹波くんが説明してくれるけれど、皆不服そう。

「まあ、丹波家は上倉家の補佐役だから、一緒にいるのは当たり前といえば当たり前だけど……。でもなんだ。つまんないわあ」

「つまらないとかで、おかしな噂流すなよ。それより早く出発しろよ」

丹波くんが促すと、運転手さんはじめ、皆がっかりしたように肩を落として各々座っていた場所に戻った。

またゆるゆるとバスが走り出す。車内は一転して静かになり、まるで追い剝ぎに遭ったみたいだった。呆然としていると、隣から「気にするなよ」という声が聞こえた。

「皆、上倉家と丹波家の話題には敏感なんだ。上倉家は今でもこの町の中心だからな」

「う、うん……」

丹波くんの言う通りなんだろう。私が上倉家の者だってわかった時の反応を思い出したら、上倉家の影響力を目の当たりにした気分になる。

それにしても気にするなよ、とか、丹波くんのさりげないフォローに感心する。本当は気遣いができる、面倒見がいい人なんだろうな。あんまり感情を顔に出さないけれど、丹波くんの素敵なところを発見したことに、自然と口許が綻んだ。

「ここが神明社」

珍道中だったバスは、大きな川を越えてしばらく走った後、ゆっくり停まった。私たちはそこで降り、丹波くんが振り返って指をさす。見ると、とても大きな赤い鳥居が私たちを見下ろしていた。

「ここなんだ……。すごく大きな鳥居だね。神社も広いの？」

「そうだな。この辺りでは一番大きい」

「懐かしい。儂はここにおりました」

トートバッグから頭だけ出した清さんが、感慨深いのか目を細めていた。物にも辿ってきた歴史があって、過ごしてきた年月がある。そんなの考えたこともなかったな。

「神社に来たけど、やっぱり聞き込みかな……」

「待てよ。もっと頭を使え。清の話だと、山口祥平はこの神社によく来ていたんだろう？　なら氏子だった可能性が高い。神社の職員に聞けばすぐわかる」

すると蘇芳さんがトートバッグから顔を出す。

「僕も賛成。当時の宮司はもういないかもしれないけど、手がかりはあると思う」

「よし、行くぞ」

頷いて、先を行く丹波くんの後を追う。木が生い茂り、トンネルのようになった長い参道を歩いて行くと、突き当たりで一気に開けて、見事な細工が施された朱塗りの大きな社殿が姿を現した。

「すごい！　こんな立派な神社だなんて、思わなかった！」

思わず弾んだ声を上げてしまって、バツが悪くなる。はしゃいでしまったけれど、呆れられていないだろうか。

不安になってちらりと丹波くんを見てみると、変わらずポーカーフェイスだった。

「神明社は神蔵町と元蔵町を守護する神社だからな。秋には祭りがあるぞ」

あ、ちょっと丹波くんの声が弾んでいる。私が神社を褒めて嬉しかった、とか？

いや、ないない。それにしても勝手にこぢんまりとした神社を想像していたから、予想以上に驚いた。大きな本殿に、拝殿、小さな末社や摂社(せっしゃ)がいくつも並んでいる。手(て)水舎(みずや)の傍には広い池があり、そこを悠々と鴨(かも)が泳ぎ、白やピンクの蓮(はす)の花が水面(みなも)を彩っている。清々しい空気が満ちていて、思わず大きく深呼吸する。

「――丹波のぼっちゃん？」

急に声を掛けられて、丹波くんが持っていたトートバッグをさっと隠す。

「女性を連れているということは、神社デートですか？」

声を掛けてきた若いキツネ目の男の人は、白い小袖に浅葱色(あさぎいろ)の袴姿で、掃除の途中だったのか竹箒を持っていた。この神社で働いている人だろうか。

「違う。聞きたいことがあって来た」

「恥ずかしがらずに白状しなさい。ただし明日には町中に知れ渡っていますが」

とっても困る。青ざめた私の代わりに、丹波くんがその人を無言で睨みつけた。見たこともない絶対零度の圧力に、男の人は引きつった笑顔で踵を返す。

「……どうぞ。お茶でも出します」

その言葉に丹波くんが歩き出したから、私も続いて後を追った。

六

「山口祥平さんという方の住所？」

私たちは社務所の奥の豪華な部屋に通され、そこで先ほどのキツネ目の男の人——栗林春人さんに、事の経緯を説明していた。

丹波くんの情報によると、この神明社の権禰宜らしい。権禰宜は神社の一般職員さんのことで、栗林さんのお父さんが宮司様で、この神社で働く人たちをまとめているそうだ。将来的にこの神社を継ぐことになっている栗林さんは、神道系の大学を卒業後他県の神社で修行していたそうだけれど、二年くらい前に元蔵町に戻ったらしい。

「うーん。そうですねえ。そういうことなら市役所などに行かれてはいかがですか？」

「こいつがもう行った。戸籍も住民票も親族じゃないと教えてもらえないんだってよ。春人、うるさいことを言うなよ。丹波家の依頼なら皆文句なんて言わねえよ」

それってどういうことだろう。でも渋っている栗林さんがさらに渋り出す。

「丹波家の依頼でも、個人情報が……」

「悪いようにはしないって。頼む」

　私の代わりに頭を下げてくれている丹波くんの隣で小さくなっていたけれど、全部任せきりじゃ駄目だ。私もお願いしないと。意を決して声を絞り出す。

「あの、困ったことをお願いしているとは承知しています。でも力になってもらえないでしょうか？　どうしても知りたくて……」

　必死でお願いしても、栗林さんはうんとは言ってくれない。やっぱり無理だろうか。すると急に丹波くんが私を指さした。

「おい、春人。こいつ、上倉家の人間だけど。戻ってきた治さんの娘」

「か、上倉家⁉」

　栗林さんが嘘みたいに青ざめた。そしてためらいもせず三回くらい頷いて、猛スピードで部屋から出て行った。

「どうして急に……」

「上倉家と丹波家はこの神社の総代で、責任役員なんだよ」

「え？　責任役員？」

「氏子をまとめる総代表。宮司を助けて、氏子との仲を取り持つのが主な役目。祭りとか行事があれば率先して運営、参加する。俺たちみたいな旧家は社殿を建て替えるとか、修理するって時には他の氏子たちよりも金出すから、神社のパトロンみたいな存在でもあるな。この神社の総代は五人で、上倉家と丹波家と、あと三家。でも上倉家は別格。江戸時代、この神社の社殿を建てるのに、費用を全部出したくらいだし。今でも俺たちよりも断然金出してるんじゃねえの」

「そんなこと一言も聞いたことがないけど」

「麻里さんは名前だけの総代だったしな。治さんはこれからしっかりやるだろ。元々この元蔵町に上倉家があったから、やらざるをえないってのが正しい表現かもだけど」

「元蔵町側に上倉家があったの？」

「江戸時代の初期くらいまで、こっちに本家があったって聞いたぜ。さっき渡って来た上川が氾濫したせいで、少し小高くなった今の家がある場所に屋敷を構えたらしい。同じ時期に武家から庄屋になって丹波家も一緒に神蔵町に移住したってわけ。『元蔵』って、『上倉家が元いた場所』って意味だぞ」

なんかもう、ご先祖様の偉大さに頭がついていかない。知れば知るほど、今の上倉家がどれほど没落しているか目に見えてきて、申し訳なくなった。

思わず肩を落とした時、ドタバタと栗林さんが戻ってきた。

「ど、どうぞ……。それにしても、まさか上倉家の御方とは思わず、ご無礼を失礼いたしました。書物庫の鍵をこっそり開けて来ましたのでバレないうちにさあこちらへ」

栗林さんに促されて、神社の奥に歩いて行くと、廊下の突き当たりに『書物庫』と書かれた札が掛かった部屋にたどり着いた。中に入ると埃とカビの臭いが充満していて、茶色く変色した冊子が所狭しと並べられている。

「えっと先ほどのお話では、五十年か六十年くらい前ということでしたので、ここからここまでがお探しの年代の氏子名簿です。芳名帳も持ってきますね！」

どさどさっと埃を巻き上げてテーブルの上に何冊か冊子が置かれる。

「……結構大変そうだな」

早速丹波くんは一番上の冊子を掴んで開く。私も続いて冊子を開いた。その間にも続々と栗林さんが冊子を持ってきてくれて、しばらく経った後に「これで全部です」と堆く積まれた冊子の上に、最後の一冊を載せた。

「ありがとな。終わったら声を掛けるから、絶対に入って来るな」

丹波くんが栗林さんを追い出してドアを閉める。そしてトートバッグをひっくり返すと皆がバラバラと飛び出してきた。

「お前らも手伝えよ。皆でやれば早い」

確かにそのほうが圧倒的に早い。よし、私も頑張ろう。絶対に山口さんを捜すんだ。

七

「ない……」

愕然とした気持ちで最後の一冊を閉じる。氏子名簿、そして芳名帳まで記録という記録を全部捜したけれど、『祥平』の文字はなかった。勿論『山口祥平』の名前もない。

「……もう死んでるのかも」

呟いたのは華さんだった。虚ろな表情は、疲れではなく絶望から来るものだろう。

「あの人、元蔵町に来て結婚して、そしてすぐに死んだのよ」

間違いなくそうよ、と呟く華さんに、違う生きてる、とは容易く言えずに唇を噛みしめる。俯きかけると、丹波くんが立ち上がった。

「諦めるなよ。春人のことだから、恐らくまだどこかに名簿なり芳名帳が残ってるはず。あいつ適当だから。ほら、探すぞ」

鼓舞されて、うんと頷く。手分けしてまだ探していない場所を探し始めると、丹波くんの言う通り、部屋のあちこちに、探していた年代の冊子が二、三冊散らばって置かれていた。埃を払って冊子を開いた時、「……ありがとう」と、か細い声が響いた。

「皆、ごめんなさい。アタシのわがままで迷惑かけて」

華さんが私たちに向かって深く頭を下げている。あの華さんが、と思ったら、どうにも胸が千切れそうになる。

「その言葉は、実際にお前が山口祥平に会ってから言えよ」

丹波くんが、華さんから顔を背ける。突き放すような言い方だったけれど、そうじゃないのは真剣に冊子をめくる姿から伝わってきた。

「――必ず俺たちが会わせてやるからさ」

全員が手を止めていた。蘇芳さんが丹波くんを見て、驚いた顔をしていた。どうしてこんなに親身になってくれるんだろう。理由はわからないけれど、丹波くんが真剣に手伝ってくれていることは、十分すぎるほど伝わってきた。

「うん、捜そう！」

気合いを入れなおして、また一枚一枚ページをめくって捜していく。時間も忘れるくらい没頭していると、いつの間にか部屋に差し込む光がオレンジ色に染まり始めている。それに気づいた頃には、全ての冊子を調べ終わっていた。

「……『祥平』さん、は全部で六人か」

山口祥平という人物は見つからなかったけれど、名字が違う人が六人いた。

「この氏子名簿は昭和四十七年のものだけど、こいつとこいつは違う。隣の市だ」

丹波くんがいてくれてよかったな。私一人だったら、町のことが全然わからないから困り果てていただろう。

「残り四人ですね。この芳名帳は昭和五十年に数えで二十一歳と書かれておりますから、この方は違うのでは？」

伝兵衛さんが年代を確認してまた一人除外する。残り、三人。

「これなら会いに行ってみればわかるかもしれないね」

芳名帳から目を離して顔を上げると、丹波くんが私に向かって頷いてくれた。

「ああ、そうだな。そうしよう」

丹波くんが傍にあった紙を床に置いて、手早く住所を書き写していく。すると急に清さんがごろごろ転がって来た。

「鍵守殿！　宏光殿！　この名字ですっ！」

清さんが、丹波くんが書き写した名前の上で、ぴょんぴょん飛び跳ねている。

「巫女(みこ)が祥平殿を、『望月(もちづき)さん』と呼んでいるのを聞いたような覚えがあります！

それに他の二つの名字に全く覚えがありません！」

弾かれたように丹波くんは清さんを抱きかかえ、華さんを摑んで走り出す。

「ちょ、ちょっと待って丹波くん！」

慌てて蘇芳さんを摑んで走り出すと、彼は素早く着物になってくれた。私がいることを忘れているんじゃないかと不安になりながら、全速力で丹波くんを追いかけると、入って来た参道とは別の参道に抜け、細い道路に出る。そこはちょうど坂の上になっていて、下ったところに一軒の青い屋根の家が建っているのが見えた。丹波くんはそこに走って行って立ち止まる。

「丹波くん！」

急いで駆け寄ると、その家の門には『望月』の文字。もしかして……。

丹波くんは私に向かって頷いて、躊躇(ちゅうちょ)せずにチャイムを押す。すると、ほどなくして中から、上品そうな一重まぶたの背の高いおばさんが出て来た。

「あら？　宏光くん？　秋祭りの相談かしら」

「いえ、秋祭りではなく人を捜しています」

そう言って、丹波くんが振り返る。話せよ、という意味だろう。ちょっと緊張したけれど、最早委縮している場合じゃない。

「あの、初めまして。上倉結花と申します」

名乗ると同時に、おばさんは目を丸くする。

「あの上倉家？　治くんが戻って来たって聞いたけど、上倉のお嬢さんが一体……」

「突然すみません。実は先日、家の片付けをしていたところ、『山口祥平さんに返してほしい』というメモがついたキセルを見つけたんです」

　適当に言い訳を作って、もっともらしい話にしてみる。

「山口……、祥平……。もしかして私の夫の父じゃないかしら。お義父さんは祥平で、望月家に婿入りしたと聞いているわ」

「一応確認させてください。祥平さんの目元に特徴的な黒子がありますか？」

「黒子？　ええ。右目の下に二つ並んだ黒子があるわ」

　思わず丹波くんと顔を見合わせる。

「では、戦争で付いた傷痕がありますか？」

「右手の甲にあるわ。よく知っているわね」

　おばさんは訝し気に首を傾げた。華さんの捜し人と特徴が一致していると思ったら、緊張が一気に覆いかぶさってきた。ごくりと唾を飲み込んでおばさんに向き直る。

「祥平さんが若い頃、そのキセルと引き換えに、上倉から援助を受けたそうです」

「ええ！　聞いているわ。若い頃に事業に失敗して、上倉家に援助してもらったと。キセルは義父の趣味でねえ。粋な人だったの」

華さんの話と同じ。間違いなく、同一人物だ。

「あの……。私、祥平さんに、キセルをお返ししたいんです」

途端におばさんの顔が曇った。もしかして、もう亡くなっているのかもしれないと、最悪の結末が頭をよぎる。

「……本当にありがとう。どうぞ一緒に来てくださる?」

少し躊躇ったように見えたけれど、おばさんは私たちを家に招き入れてくれた。丹波くんから華さんを渡されて、ぎゅっと握りしめておばさんの後を追って行く。

華さんは私の指に小さな手を置き、大きな目を見開いてただ前を向いている。緊張しているのか、華さんの小さな手がほんの少し震えているように感じられた。

一人じゃないと伝わってほしくて、華さんをぎゅっと握る。

私が華さんにできることは、もうない。後はどんな結果になろうと、華さんの傍にいよう。そんなことしかできないけれど、少しでも力になりたい。

誰かのために力になりたいと思うことなんて、お母さんが亡くなってからもうずっと忘れていた。

「どうぞ」

おばさんが急に立ち止まって私たちを振り返る。一階の廊下の突き当たり。庭がよく見えるその部屋は、夕日が差し込んで朱色に染まっていた。置かれた家具の影が長く伸び、庭に咲くヒマワリは、太陽を追って顔を背けている。蟬の声は消え、代わりに虫の音が少しずつ響き出していた。

　夜が差し迫った部屋の中に、一人のおじいさんがいた。庭に向かうように置かれた籐の椅子に体を預けて座っている姿は、私の想像よりも随分小さく、弱々しかった。

　でも、生きている。紛れもなくそこで息をしていて、触れたらきっと温かい。

「ごめんなさい、お義父さん大分前からボケちゃって……。今はもう、そうやって一日中座って庭を眺めているだけなの」

　おばさんが、縁側で椅子に腰かけている祥平さんを、泣きそうな顔で見つめている。

「何を言っても反応しないし、何も覚えていないだろうし、わからないと思うわ。私たちの顔も忘れるくらいよ。折角来てくれたのにごめんなさい」

「全然構いません。あの、少し祥平さんとお話しさせてください」

　そう言った私に、おばさんは小さく頷いて部屋を後にした。その姿を見送った後に、祥平さんの傍にしゃがみ込む。

「こんにちは……。上倉結花と申します」

　虚ろな瞳に呼びかけてみても反応はない。こちらに意識を向けることもなく、ぼんやりと庭を見つめていた右目の下には、二つ並んだ黒子。右手の甲には切り傷なのか大きな傷痕がくっきりと残っている。

「貴方にどうしても会いたいと華さんにお願いされて、必死で捜しました」

祥平さんが昔のことを何一つ思い出せなくて、たとえ全てを忘れてしまっているとしても、華さんは嬉しいだろう。だって私の手の中で、今にも泣き出しそうな目をしながら、祥平さんを見つめている。会いたかったと叫んでいるような華さんの一途(いちず)な姿を、祥平さんが視ることができないのが悔しい。

でもどうしても、華さんの存在を伝えたい。

ああ、そうか。それが鍵守の役目なのかもしれない。

私は皆の姿が視えるから、伝えられるものが確かにある。

「貴方が戦後に質屋で買ったキセルを覚えていますか？　牡丹の花が彫られている美しい一品に、貴方は『華』と名付けて愛用したと聞きました」

たとえ『物』だとしても、大事にしてもらえたことは忘れない。やむをえず手放されてしまったけれど、めげずに華さんは、貴方にもう一度会える日を待っていた。雨の日も晴れの日も、何年、何十年経っても、ずっと。

「華さんは貴方に大事にしてもらえて、とても喜んでいましたよ」

そっと華さんを温かい手に握らせると、老木が春の息吹で目を覚ますように、みるみる内に祥平さんの瞳に生気が戻っていく。

そして瞳から、涙がぽたぽたと落下した。

震える祥平さんの唇から落ちた言葉は――。

「……華！」

わっと、一瞬で花の香りが部屋に満ち、赤い花びらが風と共に吹き込んでくる。

祥平さんの手に誰かの手が重なっていて、長い黒髪が私の前で揺蕩う。彼女が纏う振袖に描かれていたのは、見事な牡丹。まるで彼女の情熱のように真っ赤だった。

――華さん。

華さんは祥平さんに、その背に咲く牡丹と同じくらい豪奢な笑顔を向けた。

「会いたかった、祥平さん。もう、手放しちゃ嫌」

人に姿を変えた華さんは、愛おしそうに祥平さんにもたれかかる。祥平さんは華さんを皺が深く刻まれた手で包み込むように抱きしめ、華、と何度も呼んでいた。

「ありがとう、皆。もう一度祥平さんに会えたのはあんたたちのおかげよ。まさか蔵の住人たちが手を貸してくれるなんて思ってもみなかった。本当にありがとう」

華さんの瞳から、涙がぽろりと落ちる。

「丹波の息子もありがとう。感謝してるわ。うちの鍵守をこれからもよろしくね」

丹波くんは無言で頷いた。

「そしてあんたには頭が上がらないわ。あんたのおじいさんもいい人だったけど、歴代のどの鍵守よりもアタシに真剣に向かい合ってくれて、まるで友達みたいだった。心の底から感謝してる。アタシの願いを叶(かな)えてくれてありがとう、結花」

友達。その言葉に、急に目頭(めがしら)が熱くなって鼻の奥が痛くなる。

「アタシにとってあんたはもう、立派な鍵守よ」

滲む世界の中で、華さんが私に向かって微笑むと、さっきと同じようにわっと花びらが視界を埋め尽くす。花びらが消えるともう人の姿をした華さんはどこにもいなくて、代わりに祥平さんの手の中に華さんのキセルがしっかりと握られていた。

八

それから数日後、上倉家は蔵も私も穏やかな日常を取り戻していた。

「あ、夕立(ゆうだち)」

「結花殿。まだ昼ですぞ。夕立とは言いません。ただの雨です」

伝兵衛さんと急に降り出した雨を眺めていたら、洗濯物を干していたのを思い出す。

「しまった！　洗濯物！」

急いで蔵を飛び出した時、急に強い視線を感じる。その方向を見たけれど、誰もいない。気のせいか、と、再び母屋へ駆けて行くと、縁側で誰かが座って空を見上げていた。驚いて足を止めると、その人は私に気づいて軽く手を上げる。

「ど、どうしたの？　びっくりした」

「悪い。チャイム何回か鳴らしたけど、出て来なかったからここで待ってた」

丹波くんに悪びれた様子はないから、不法侵入という意識はないようだ。もしかしてここら辺では普通なのかもしれない。

「ごめん、蔵にいたから気づかなくて。ちょっと待ってて、洗濯物が……」

「なあ。今朝（けさ）、望月祥平さんが亡くなったって、連絡があった」

「えっ……」

突然の言葉に頭が真っ白になる。走り出そうとした足が、そのまま床に張り付いた。

「本当に？」

ぺたりと足音がして振り返ると、蘇芳さんの姿。ああ、飛び出して来たから蔵の鍵を掛けるのを忘れてしまった。

「本当だよ。嘘吐いてどうする。望月のおばさんから聞いたけど、あのキセルも祥平さんと一緒に燃やすって。お前たちって、それでいいのかよ。折角長い間生きてきたのに、人間と一緒に死ぬことになるっていいのか？」

丹波くんの言葉に思わず蘇芳さんを見上げると、私の頭を優しく撫でる。

「――こんな話があるよ」

蘇芳さんの声のトーンが落ちた。雨が肌寒さを運んできたのか、真夏なのに急に体温が下がって、ぶるりと体が震える。

「とあるお屋敷の年末の大掃除で、お役御免の古い物たちが大量に捨てられたんだ。彼らは長年必死で仕えて来たのに、ねぎらいの言葉も褒美もなく打ち捨てられるのかと、人間を恨んだ。するとその中の一つが、化け物になって人間に仇討ちしないかって、他の皆に囁いたんだ」

蘇芳さんの形のいい唇が、弧を描く。その笑顔はどこか無機質。心が籠もっていないような冷たい表情に、さらにぞっとして体が凍り付く。

「つまり、人間に復讐するために命を得て付喪神になったってことかよ」

不服そうに、丹波くんは蘇芳さんを睨みつける。でも蘇芳さんはあっけらかんと笑って、丹波くんの眉間の皺を指で突く。

「いや、復讐なんて、本当はどうでもいいんだよ。僕らはあんなに尽くしたのに、君たち人間はいとも容易く僕らを捨てる。だから寂しさのあまり、人間を恨むんだ」

返す言葉がなかった。まるで東京にいた時の私だったから。簡単に友達が離れていって寂しかったし、あんなに仲が良かったのにと思ったら、時には恨みたくもなった。

「……蘇芳もそうなのかよ？　人間を恨んでいるのか？」

「いや、全然。僕は元々殿様の娘の婚礼衣装として献上されるはずの物だったけれど、殿様が失脚しちゃったから、代わりに上倉家が買い取ってくれたんだよね。つまり僕は捨てられたことがないんだよ。でもね、蔵に棲む付喪神たちは違うよ。上倉家は質屋のようなこともしていたから、ほとんどの物たちは元の持ち主から売られて蔵に来た。捨てられたのと同じだね。人間を恨んでいる物も沢山いるよ」

月下さんの姿が頭に浮かぶ。彼も人間が好きだったから、恨んでいるのだろうか。

「僕ら付喪神はさ、常日頃化け物とか妖怪の一種とかって呼ばれて、排除され、畏怖される存在だけど、元々はどんな化け物たちよりも、人間に使われて寄り添って生きてきた。捨てられたら寂しくて狂ってしまうほど、人間に執着しているんだ」

蘇芳さんは、にいっと唇を横に広げる。その笑顔はまるで、かぐわしくて甘美な大輪の花のよう。

「――僕ら以上に人間を愛する化け物はいないんだよ？」

思わず息を呑む。雨が降っているくせに、蘇芳さんの向こうに広がる重苦しい雲の隙間から、一筋の光が手を差し伸べていた。

「まあ、僕は華のような最期はまっぴらごめんだけどねえ～」

張りつめた緊張感を笑い飛ばして、蘇芳さんは蔵に戻って行った。

「……あいつ、いつもあんなの？」

尋ねられて、現実に引き戻される。

「う、うん。あんな感じ」

「あっそ。……これ以上深入りするなよ。心を喰われる」

急に丹波くんの声音が下がって、その言葉が胸に喰らいつく。どういうことなのか聞いてみようかと思って尋ねかけたけれど、それよりも先に丹波くんが話し出す。

「明日通夜らしいけど、俺は丹波家代表で行くが、お前は？」

「あ、う、うん。行く」

もう一度話を蒸し返して尋ねる勇気はなく、結局真意はわからないままだった。

「……ありがとう。上倉家と丹波家がお通夜に来てくれるなんて驚いたけど、お義父さんも喜んでいるわ」

「このたびはご愁傷さまです。先日は突然押しかけまして、申し訳ありませんでした」

きっちりと丹波くんが挨拶したのを聞いて、私も一歩後ろで頭を下げる。

お葬式は嫌だ。お線香の香りが、お母さんや麻里さんの時のことを問答無用で思い起こさせる。自分の芯が強く揺さぶられるような感覚が何度も襲ってくるけれど、丹波くんの背中を見ていたら落ち着いてきた。丹波くんといると、どうやら私は安心するらしい。その理由がどういうものなのか、まだ明確にはわからない。

「いいえ。いいのよ。実はあの後、亡くなるまでの数日間、まるで若い頃に戻ったかのように元気でね。いろいろな昔話を聞いたのよ。あの大事なキセルが戻って来て、当時を思い出したんでしょうね。すごく楽しそうだったわ。私たちもお義父さんの話を聞けて、すごく幸せだった。貴方たちのおかげよ。本当にありがとう」

おばさんは目元をハンカチで押さえながら、私たちに対して深く頭を下げる。

「二人が折角捜し出して届けてくれたけど、あのキセル、御棺に入れてあげようと思うの。お義父さんの一番大事な物だし、私たちが形見で持っているよりは持たせてあげたいと思って……。宏光くんには話したけれど、いいかしら？」

「もちろんです。そうしてください。私からもお願いします」

深く頭を下げると、おばさんは何度も、ありがとう、と言って目元を拭った。

「本当によかったのか？　華のヤツ、一緒に焼かれて死ぬんだぞ？」

お通夜の帰り、バスを降りて上倉家に続く石段の前で、丹波くんは呟いた。辺りは闇に落ちていて、傍の田んぼではカエルが大合唱している。

「うん。いい。もし華さんが祥平さんと一緒に燃やされたくないなら、自分で脱出できるはずだよ。付喪神だから」

手足を生やすことができるから、嫌なら戻って来るだろう。

「でも、今日お通夜の席で祥平さんのお顔を見せてもらった時、祥平さんの手に華さんが握られていたから、この結末は華さんの望んでいることだと思う」

しっかりと祥平さんの手の中にいた華さんを見て、もう手放しちゃ、嫌、と言った声を思い出した。きっとその言葉に、華さんの想いが全部詰まっている。離れ離れの時の寂しさも、再会できた時の幸福感も、全部。

祥平さんも華さんを手に、微笑んでいるような死に顔だった。

「そうか……。そうだよな。お前の言う通りだな」

丹波くんの声には、少し寂しさが混ざっている。純粋に華さんが死を選ぶのが悲しいと、丹波くんが思っているのがわかった。

「あ、あの……、いろいろ親身になってくれて本当にありがとう。丹波くんがいなかったら、祥平さんには辿り着けなかっただろうし、こういう結果は存在しなかったよ」

緊張と気恥ずかしさで俯く。本当はもっと早くお礼を言いたかったけれど、面と向かってお礼を言うって、なかなか勇気が必要で、ずっと言えずにいた。

「別に乗りかかった船って言うか……。とにかく、華のこと、お前もよく頑張ったな」

その言葉に、胸がじんと痺れる。

「うん。ありがとう……」

どうしよう。もっと頑張りたいって、もっと丹波くんや付喪神たちと仲良くなりたいって欲が出て来る。こんなこと今まで思わなかったのに。

そう思えたのは、華さんのことを逃げずにやり遂げられたから。

そして、丹波くんが傍にいて、手伝ってくれたから。

まだここに来たばかりだ。だけど、自分の変化に私自身が驚いていた。

ちょっとずつ、焦らずに進んで行こう。顔を上げると、東京では見られなかった無数の星がきらきら瞬いていた。

第二章　怪我した布団

一

「上倉家が戻ってきたということで、この町も安泰安泰！　では、かんぱ〜い！」

わっと歓声が上がり、グラスをぶつけ合う音が部屋中から響き渡った。

華さんと祥平さんの葬儀が終わって数日後の八月に入ってすぐ、神蔵町と元蔵町の皆さんが、歓迎会を開いてくれていた。神蔵町にある小さな公民館には人、人、人の山で、『上倉家』の影響力が未だに衰えないのを物語っている。

「こんばんは結花ちゃん」

声を掛けて来てくれたのは、スレンダーでショートカットのキリッとしたおばさん。見覚えはなかったけれど、この声は聞いたことがある。ということは……。

「もしかして……、丹波くんのお母さんの丹波アキさんですか？」

「そうよ！　電話で話したきりだけど、わかってくれたのね！　嬉しい！」

アキさんは私に勢いよく抱き付いて、強く抱きしめてくれた。

あ、この柔らかさ。溢れ出すようにお母さんに抱きしめられたことを思い出す。でも泣かずに済んだのは、ここに越してきてほんの少し強くなれたからかもしれない。

「この間は突然電話してすみませんでした。丹波くんにはお世話になりまして……」

「いいのいいの、宏光をこき使ってやって！　ね、あなた！」

アキさんがぐいっと太い腕を引っ張って私の前に連れ出したのは、一人のおじさん。見てすぐどんな関係かわかるほど、目元が丹波くんにそっくりだった。

「君が結花ちゃんか！　まだ結花ちゃんが赤ん坊の時におじさん会ったことがあって……。まさかこんなに美人さんになるとは、治に似なくてよかったなあ！」

急に大声で話し出し、屈託なく笑う姿に呆気にとられる。丹波くんのように表情があまりない人なのかと思ったから拍子抜けしてしまった。

「もう、あなた名乗ってよ」

「悪い。丹波友行だ。アキの旦那で、宏光の親父！　治とアキと俺は幼馴染みで、良きライバル、良き友達ってな！　婆様にバレないようにこっそり一緒に遊んだんだ」

そう言ってまた大笑い。すごい、丹波くんとは真逆だ。だって思い返したら私、丹波くんの笑顔を見たことがないもの。

「お二人は父の幼馴染みだったんですね。父がいつもお世話になってます」

「結花ちゃんは丁寧だねえ。礼儀と愛想がいい女は、引く手あまただぞ～」

「もう！　引く手あまたでも、結花ちゃんが選ぶのはたった一人よ！」

二人、三人いたら問題だ、と思ったけれど、アキさんの視線がちらりちらりと右に移動する。釣られてその方向を見ると、そこには丹波くんが大人の男の人たちと何か話し合っていた。この間家に電話した時から何となく怪しいと思っていたけれど、どうやらアキさんは私と丹波くんをくっつけたいみたいだ。

なんだかとてつもなくくすぐったくなった時、「結花～」と私を呼ぶゆるい声。

「ああ、友行たちと一緒にいたんだ～。父さんの知り合いに紹介するよ。友行、今日はこの会を開いてくれてありがとう。後でゆっくり話そう」

お父さんナイスタイミング。アキさんと友行さんにお礼を伝えてその場を離れる。

それから怒涛の人、人、人。ひっきりなしにいろんな人が挨拶に来たせいで、目が回る。少し休憩したくて、ちょっとお手洗いに、と誤魔化してその場を一人離れる。

宴会場から抜け出して、暗い廊下を歩き出した時、「結花ちゃんと宏光くんっていい雰囲気だって聞いたけど……。この間神明社に二人で……」なんて声が、窓が少し開いたところからどんちゃん騒ぎの合間を縫って聞こえてくる。

まただ……。恥ずかしさが増して、気づかれないように立ち去ろうとした時、誰かが廊下に出てきた。擦り硝子から漏れる光が姿を炙り出して、丹波くんだとわかる。

「なんだ。ここにいた――」

「駄目よ、駄目。二人とも一人娘に一人息子じゃない！　家はどうするの、家は！　上倉も丹波も断絶させちゃ駄目よ！　何より、丹波の婆様が絶対許さないわよ！」

うわ、最悪。丹波くんと図らずも見つめ合ったまま立ち尽くす。

お互い何を話したらいいかわからず、しばらくそのまま暗い廊下に沈んでいた。


「――すごい星」

結局私たちは宴会を抜けて、公民館の玄関前にある五段くらいの階段に二人で腰かけていた。座っている場所は窓から漏れる明かりがぼんやりと照らしてくれているけれど、辺りはどっぷりと闇に落ちていて、星が空一面埋め尽くしている。

ここに来てこんなに沢山の星を初めて見た。星もそうだけれど、噂の飛躍しすぎるところとか、東京と同じ日本とは思えない。こんな風に二人でいるところを見られたら、さらに何を言われるかわからないのに、戻る気にもならない。

「お前、東京からわざわざこんな田舎に来て、後悔してるんじゃねえの？」

「全然してないよ。新しい友達ができたから、後悔してない」

右手で白いスカートのポケットを撫でると、そこには蔵の鍵が入っていた。

蔵には皆がいる。友達だなんて誰も思っていないだろうけれど、でも最近は蔵に行くのが日課みたいになっているし、もっと皆を知りたくなっている自分もいる。『物』なのに、そんなことを思うなんて変だろうか。そ、それに丹波くんも……。

「へえ。誰？　ここら辺には同年代のヤツは住んでないと思うけど。いつの間に友達作ったんだよ。元蔵町のヤツ？」

そう問われて、ひやりと体が凍り付く。しまった。私が友達だなんて思っているなんて知ったら、いい顔をしないかもしれない。

「え、えっと……」

「誰？」

「えーっと」

思わずしどろもどろになる。あまりにパニックになって頭の中がフリーズして、焦れば焦るほど名案も何も出てこない。うわ、どうしよう！

「た、丹波くん……」

「えっ」

ああ、穴があったら入りたい。さ、最悪。まだ会って数日で、しかも男の子なのに、まるで告白みたい。しかも面と向かって友達だなんて、今時小学生も言わないし。それよりもし拒絶されたらどうしよう。友達じゃねえよ、とか言われたら……。

「お、おう。まあそうだな」

ハッと、我に返って顔を上げると、丹波くんは顔を背けていた。でも後ろから見てもわかるくらい、その顔が赤い。つられて、私の顔も火が付くように熱が走るのを感じる。間違いなく同じくらい真っ赤だろう。

そうだなって言ってくれたってことは、友達だって丹波くんも認めてくれたってことなのだろうか。衝動的にぎゅっと膝を抱えて顔を埋める。どうしよう、喜びが後から後から湧いてきて、幸福感で一杯になる。勢いで言っちゃったけど、丹波くんに拒絶されなくて、うう、よかった〜。

感動を心の中で何度も噛みしめていると、丹波くんが眉を顰めて私を見ていた。

「た、丹波くん？」

「だったら名字で呼ぶなよ。下の名前で呼べ」

「で、でも男の子を、下の名前で呼んだことないし……」

「名字で呼ばれるの、あんまり好きじゃない。お前だって、人が大勢いる中で『上倉』って呼ばれるのは嫌だろ？」

何となく、丹波くんが言いたいことがわかった。『上倉』も『丹波』も、この町では好奇の目に晒されることは、すでに私も理解している。

「じゃ、じゃあ……、ひ、宏光……くん」

恐る恐る呼んでみたけれど、宏光くんは相変わらず表情を崩さない。

「それでいい」

ホッと胸を撫で下ろして息を吐く。急激に照れ臭くなって、穴があったら入りたくなる。でも思えば私、宏光くんに名前を呼んでもらったことがない。『上倉』も、もちろん『結花』も一度もない。いつも『お前』だ。もやもやと考えていると、急に私と宏光くんに影が掛かる。振り返ると、誰かが仁王立ちしていた。

「わ～。おばちゃんたちの噂、本当だったんだあ～」

夜目でもわかるほど金色の長い髪。そしてぱっちりとした大きなネコ目が、私たちを見てにやにやしていた。同い年くらいの女の子。しかもどこぞのアイドルみたいに可愛い。でも女の子だとわかった途端、ほとんど反射的に身が竦む。

「宏光が、上倉のお嬢様とデキてるって噂、本当だったんだあ！」

「デキてねえよ。友達だよ」

宏光くんの返答に、思わず感動する。どうしよう、やっぱり嬉しい。友達ってはっきり言ってくれたことに、委縮していたことも忘れて心が弾んで有頂天になる。

「ふう〜ん。そうなの？　上倉のお嬢様は、なんか幸せそうな顔しちゃってるけど、なんかあったんじゃないのぉ〜？」

仁王立ちしたままさらに覗き込まれて、急いで顔に力を入れる。

「あ、あの初めまして。上倉結花です」

誤魔化すように名乗ると、その子はふんと顔を背けた。嫌な記憶が蘇ってくる。

「おい。態度悪いぞ。お前も名乗れよ」

宏光くんの一声で、女の子は私に向かって勢いよく右手を差し出してきた。

「都成環。よろしく」

早口で名乗って、宙に浮いたままの右手をさらに私に向かって差し出す。ようやく握手だと気づいて、慌てて手を握ると、あまりに華奢な指先に羨ましさを覚えた。

「都成は俺たちと同い年だからな」

と言った宏光くんに、ぎゅっと全身が委縮する。この町に来て初めての同い年の女の子。それがまさか今まで関わったことのないような部類の女の子だなんて。

どど、どうしよう。絶対絶対無理。

「元蔵高校にあんたも通うんでしょ？　覚悟してよ」

青い顔をしていた私を見下ろす瞳が、ギロリと容赦なく光る。覚悟してって何をどう覚悟すればいいのか。

「よ、よろしくお願いします。環でいいって。都成さん」

「あー、やめてよ。環でいいって。敬語もやめて」

そんな急に呼び捨てなんて、めちゃくちゃハードルが高いよ。

「じゃ、じゃあ、環……ちゃん」

敬称を付けた私に、環ちゃんはほんの少し眉を顰めたけれど、咎めるのを諦めたのか無言で仁王立ちしている。環ちゃんの視線が痛くて、さらに猫背になって俯いた。

「お前、なんだよその金髪。夏休みだからって調子に乗るなよ」

宏光くんが呆れたように溜息を吐くのを聞いて、少しほっとする。どうやら普段は普通の髪色らしい。

「いいの。これ、あたしのお兄ちゃんに向けた、意思表示だから。んじゃ、結花にも挨拶したし、あたし帰る。あんたたちもいつまでもいちゃついてないでよ」

「うるせえなあ。早く帰れよ」

べーっと舌を出して、環ちゃんは公民館の中に入って行く。するとすぐに何もなかったかのようにさっきまでの静けさが辺りを満たした。

「それにしても、あの金髪……」

考え込むように呟いた宏光くんの声音に、心配が混じっているような気がする。

「お兄ちゃんに向けた意思表示って言ってたけど……。どういうことなんだろう」

「不良になってやるってことじゃねえの？　都成は単純なんだよ。あいつの兄貴が来週結婚するんだけど、都成は気に食わなくて反対してるんだよ、きっと」

「どうして反対なの？　せっかくお兄さんが結婚するのに……」

「あいつ、小さい頃から両親が仕事ばっかりで、すれ違いの生活だったらしい。だからずっと一回り離れた兄貴が親代わりだったんだよ。そのせいで極度のブラコンだから、今回兄貴が結婚することになって、許せないって騒いでるんだ。まあ、学校も始まるから近いうちに普通に戻るだろ」

その時、誰かが取り乱しながら駆けてくる足音が聞こえた。

「宏光！」

振り返ると同時に慌てた声が響き、ひょろりと背の高い、少し猫背の男の人が駆け寄ってきた。男の人の傍には、花柄のワンピースを着た、小柄なショートカットの女の人もいた。二人とも心配そうな顔をしていて、宏光くんの前で足を止める。

「環を見かけなかったかな？　急に姿が見えなくなっちゃって……」

「ついさっきまでここにいた。帰るって言ってたけど、公民館に入って行ったから、まだ中にいるんじゃねえ？」

「ありがとう！　助かったよ！」

ほっとしたように二人は顔を見合わせて、胸を撫で下ろす。そして宏光くんの隣にいた私に気づいて、驚いたように二、三歩後ずさった。

「もしかして、上倉家の……お嬢さんかな？」

「あ、はい。上倉結花と申します。先ほど環さんともご挨拶させてもらって……」

「ご挨拶が遅くなり、申し訳ありません！　環の兄の都成将基（まさき）と、婚約者の瑞穂（みずほ）です！　環がご迷惑をお掛けすると思いますが、よろしくお願いします！」

やけに丁寧に挨拶されて、こちらが恐縮する。深々と頭を下げてくれた二人の人柄の良さが滲み出ているようだった。

「ではすみません、環を捜しに行かないと……。失礼します！」

将基さんと瑞穂さんは、急いで公民館に戻って行った。その時、将基さんがほんの少し左足を引きずっているように見えたけれど、気のせいだっただろうか。

二

「はあ〜、極楽極楽」

蘇芳さんが、気持ち良さそうに太陽を浴びて畳の上に寝そべっている。虫干しして欲しいと懇願されて、よく陽の当たる母屋の一室に連れて来ていた。

太陽に当たるとすぐに蘇芳さんは人の姿ではなく豪奢な濃い赤の着物に姿を変え、至福の時間というように袖をばたばた揺らしている。でもよく見ると、小さな穴が開いていて、思わず袖を摑んで引き寄せた。

「う〜ん。この穴どうしよう。あれ？　これカビ？」

「ああ、カビですなあ」

「笑えるな、あの蘇芳にカビかよ」

伝兵衛さんと私の背に張り付いていた飛丸が、カビが生えていると口を揃える。

「えええええ！　この僕に穴が開いていて、カビが生えているってぇ⁉　嘘でしょ⁉」

飛び起きた蘇芳さんは人の姿になり、私の肩を摑んでさらに近づく。唐突な至近距離にどうしていいかわからず固まっていると、急に蘇芳さんが後ろに引き倒された。

開けた視界の中で蘇芳さんを床に押さえつけているのは、宏光くん。

「お前なあ。少しは危機感持てよ」

私に向かって吐き捨てたのを聞いて、何を言いたいのかわかった。

「き、危機感って……。蘇芳さんは『着物』だよ？」

「そう思ってんの、お前だけじゃねえの？」

どういう意味か尋ねようとした時、床のほうからくすくすと笑う声が響いてくる。

慌てて宏光くんと二人で下を向くと、蘇芳さんと伝兵衛さんのにやけ顔。

「僕の前でそんな夫婦喧嘩のようなこと、やめておくれよ」

「仲睦まじいというのは結構なことですなあ」

「脱力するようなことを言うなよ」

はあ、と宏光くんは溜息を吐いて蘇芳さんから手を離す。ああ、もう。伝兵衛さんはともかく、宏光くんにも視える蘇芳さんは、そんなことを言わないで欲しい。

宏光くんが、私に向かって手を差し出す。

「鍵、貸せよ。蘇芳だけじゃなく、伝兵衛も何か言ってるんだろ？」

「え？　あ、うん」

首に掛けていた蔵の鍵を外して宏光くんに差し出すと、宏光くんは躊躇なく首に掛けた。失くすと困ると思って紐を通してネックレスのようにしたけれど、それを宏光くんが付けるのはちょっと恥ずかしい。

「宏光は何しに来たのかな？　まさか結花に会いに来たとか？」

蘇芳さんが挑発的な笑みを湛えても、宏光くんは顔色一つ変えない。

「こいつに会いに来たに決まってるだろ」

「え？　わ、私に？」

驚いて、声が裏返る。伝兵衛さんがにやにやと、肘で私の脚をつついてくる。

「ああ。母さんがゴーヤ採れたから、上倉に持って行ってやれって」

宏光くんが、袋一杯に入った瑞々しい緑色のゴーヤを私に差し出す。

「ゴーヤ⁉　わあ、ありがとう！　すっごく美味しそう！　ここ、スーパーも遠くてなかなか行けなかったから助かる！」

今日は絶対ゴーヤチャンプルにしよう。ああ、お味噌汁に入れてもいいな。うーん、塩でしめておひたしにしようかな。ゴーヤに頬ずりしかねない私に、宏光くんは呆気に取られているようだった。

「そんなに喜ぶものかよ」

「喜ぶよ！　こんな立派なゴーヤ、どう食べるか考えるだけで、わくわくするじゃない。それにゴーヤを食べると夏だなって気分にもなるし」

力説した私に、突然宏光くんの口元が綻ぶ。

「ははっ。そうかよ。まあ確かにゴーヤを食べると夏だなって気分になるな。俺の家の家庭菜園にわんさか生ってているから、また採ってきてやるよ」

一瞬、時間が止まった後、急に鼓動が驚くほど速くなる。宏光くんの笑顔を見たのは初めてかもしれない。思わず食い入るように見つめてしまったけれど、我に返ってじわじわ恥ずかしさが襲ってくる。

「と、飛丸もゴーヤ食べるかな？」

飛丸に話を振ると、飛丸は私の髪を払って顔を出した。宏光くんが目を丸くする。

「何だこいつ。ムササビ？　こいつも付喪神か？」

「半分妖怪、だね。蔵に棲みついたのがきっかけで寿命よりも大分長く生きているんだよ。宏光の言う通り、ムササビで飛丸って言うんだ。飛丸、宏光だよ」

蘇芳さんが紹介してくれたけれど、飛丸は宏光くんをギロリと睨みつける。

「うるせえなあ。長く生きていて悪いのかよ」

「口悪いなお前……」

宏光くんが呆れたように苦笑いする。

「飛丸にはゴーヤは苦すぎるだろ。そうだ、今度果物を持ってきてやるよ」

「く、果物⁉　くれっ！」

飛丸は急に目を輝かせて宏光くんに飛びついた。現金だなあと思ったけれど、仲良くしているのを見て、何だか胸が温かくなった。

しばらくわいわい皆で話していたら、急に宏光くんが立ち上がる。目線の方向を私も見ると、とてとてと覚束ない足取りで、前に蔵で会った子供用の布団が、縁側を歩いて来ていた。蔵から出て来ちゃったのかな。私が立ち上がるより先に、宏光くんが駆け寄って布団を抱え上げる。

「誰？　オイラが視えるの？」

「丹波宏光。お前、中身出てるけど、いいのか？」

確かに布団が歩いてきた場所に点々と綿が落ちている。

宏光くんが私に布団を押し付け、代わりに落ちていた綿を全部拾い集めてくれた。

「破れてるところ、縫ってやったほうがいいんじゃねえ？」

三十センチ位の裂け目に綿を詰め込みながら、宏光くんは心配そうな顔をする。

「私もそう思って何回か提案したんだけど……」

「いいの！　蔵に来る前からずっとこのままだし！　オイラあっちで虫干しする！」

私の腕からポスッと音を立てて縁側に着地する。また少し綿が飛び出たのを、宏光くんが拾って、裂け目から押し込んでいた。布団はとてとて歩いて、私たちがいる部屋よりもさらに離れた部屋に姿を消す。

「放っておいておやりよ。あの子がこのままでいいって言っているんだから」

蘇芳さんが、私たちをやんわりと咎める。

「でも、あいつあのままだと中身の綿、全部なくなるんじゃねえの？」

宏光くんが心配そうに訴えた。

「直してやりたいって気持ちはありがたいけどさ、僕らについている傷は、そのまま『思い出』なんだよ。人間の傷は放っておけば治って忘れるのが大半だけど、僕ら物についた傷は、修理しないと直らない。だから傷一つ一つが強い記憶として残る。そしてその傷は、紛れもなく人間たちと関わった思い出なんだよ」

「華みたいに、布団も元の持ち主の元に帰りたいってことなのかよ？」

「宏光。それは違う」

蘇芳さんはきっぱりと言い切った。

「さっきあの子も言っていたけれど、上倉家の蔵に入る前からあの裂け目はあった。つまり元の持ち主に修理されなかった証。……どういうことかわかる？」

眉尻を下げて微笑む蘇芳さんに、宏光くんは軽く舌打ちして顔を背ける。

「――捨てられた、ってことだな」

その言葉が、胸に重く伸し掛かる。

「華は事情があって泣く泣く手放された物。でもあの子はそうじゃない。あの子が蔵に来たのは、麻里が鍵守の時。突然麻里があの子を持って来たんだ」

「麻里さんはあの子を一体どこから……？」

「さあね。麻里は僕らと意思疎通ができない鍵守だったたし、滅多に蔵に入らなかった。鍵に麻里の名前を覚え込ませることは、僕が鍵に触れていないとできないまじないだから、結局最後まで視えなかったね。もちろん僕が人型を取って麻里に会うことも考えたけれど、あの頃は二階の勢力が強かった時期でもあって、意見を纏められなくてね。しかも布団も過去を一切話そうとしないから事情はわからないんだ」

「ええ蘇芳殿のおっしゃる通り、あの子は何も話そうとしません」

「それに僕らが蔵に入るきっかけって、大体が元の持ち主の困窮のせいで、上倉家の援助を受けたくて家宝や私財を持ってやってくるんだ。言ってみれば、金目の物ってこと。でもあの子はそういう物に見える？」

中古の子供用の布団。リサイクルショップとかでも、あまり見かけないだろう。言い淀んだ私に、蘇芳さんがそっと目を伏せる。

「あの子が蔵に入って十年以上経つけれど、結局今日まで引き取りに来ないからやっぱり不要な物だったんだろうね。華のようにはもう戻れないんだよ」

もう戻れないんだったら、尚更――。

「……やっぱりあの裂け目、直したほうがいいと思います」

ぎゅっと腿の上に置いた自分の拳を強く握りしめる。

「あの子がいいと言っているから、いいじゃないの」

「駄目です。捨てられた事実を乗り越えないと、あの子はずっと辛いままです。せっかく今は蔵にいるのに、あの傷がある限り苦しめられます」

「ふうん。君はあの傷を直すことができたら、捨てられた事実を乗り越えることができると思っているんだね」

「……違いますか？」

自分の意見を言うのは怖い。蘇芳さんを見ることができなくて縮こまる。

「いや、いいんじゃないの？　困ったら言いなよ。協力するから」

身構えていた私に、蘇芳さんはさらりと認めてくれて拍子抜けする。

「でも言っておくね。あんまりあの子を追い詰めると、月下みたいになっちゃうよ」

蘇芳さんは伝兵衛さんと飛丸を連れて、片手を軽く振りながら蔵へ戻って行く。

月下さんみたいに？　まさか。指先からひやりと凍り付く。

「おい、あんまり深入りするなって言っただろ？　しかも月下とか二階ってなんだよ」

我に返ると、宏光くんが呆れた目を私に向けていた。

「実は……」と、蔵の中には協力的な付喪神だけではなく、私たちと敵対する付喪神もいることを告げると、益々宏光くんは渋い顔をした。

「布団に関わるのはやめておけよ。今のままなら人間と敵対することはないんだろ？」

「でも恐らくあの子、苦しんでるよ」

「何でそんなに布団に固執するんだよ。華の時は華に頼まれたからわかるけど、今回はあいつに頼まれたわけじゃねえだろ。そっとしておいてやれよ」

「た、確かにそうだけど……！」

気づけば言い合いみたいになっていた。でも嫌われたらどうしようという恐怖が唐突に湧き上がってきて、言葉を失う。こういう時ってどうしたらいいんだろう。喧嘩を全然したことがないから混乱する。一方的に言われたことはあるけれど、私から噛みつくようなことを言ったことがない。

「おい。お前、何をあの布団に重ねているんだよ。本当にあいつのためか？　自分のためじゃねえの？　何もかも上手くいくと思うな。あいつらは、俺たちとは全く違うものだってわかってるのかよ。助けられるなんて簡単に思うのはおこがましいぞ」

「わかってるよ！」

何を重ねているんだなんて、そんなの……。

湧き上がってくる黒い感情を必死で押し込める。

宏光くんの溜息が響いて、ハッとする。しまった。怒鳴るつもりは……。

「お前って案外頑固だな。いいか、これ以上あいつらに深入りするなよ」

私を諌めるように一度ポンと私の肩に手を置いて、宏光くんは鍵を残して縁側から庭に降り、長屋門の方に歩いて行ってしまった。

三

蔵の片隅で膝を抱えてぼうっとしていた私の肩に、ぽすっと何かが着地する。以前感じたようにそこから熱が広がった。

「……元気ねえな。昨日の布団の件だろ」

飛丸がくりっとした両目で私を窺っている。手を差し出すと掌に移動してくれた。

「てめえは嘘吐きだな。しょうがねえからしばらく俺様が一緒にいてやる」

そう言った飛丸は、掌の上でくるんと丸くなる。小さなボールのようになった飛丸は、しばらくしたら眠ったのか目を閉じて動かなくなった。

触れる部分がほわっと柔らかくて温かい。淡い熱を感じていたら、後悔とか不安とかがふっと解けていくみたいだった。ほんの少し目を閉じたら、私も微睡（まどろ）んでしまい、目を開けた時には飛丸は傍にはいなくて、代わりに蘇芳さんが立っていた。

「眠っていたの？　珍しいね」

「あ、少し……。すみません」

「いいんだよ。それで君は何を落ち込んでいるのかな？」

「え……、あの、落ち込んでいるように見えます？」

「見えるね。君はあまり時間を無駄にしないはずだよ？　いつもなら午後は掃除や夕飯の仕込みをしているけれど、今日はずっと蔵でぼうっとしているだけでしょ」

意外。蘇芳さんって飄々（ひょうひょう）としているから、他人の事なんて興味がないと思っていた。

「元気だよ。大丈夫」

「――宏光のことだね」

不敵に笑った蘇芳さんに、がっくり肩を落とす。

「どうして知っているんですか？　あの時傍にいなかったはずなのに」

「上倉家の敷地内は、僕の監視下だよ。なーんて、本当は飛丸が何かあったらしいって言ってきたんだけどねえ～」

そっか。飛丸なりに心配してくれたのだろうか。

「宏光は君が僕たちと深く関わるのをよしとしないみたいだね」

「……そうなのかもしれません」

――これ以上深く関わるなよ。心を喰われる。

そう言った宏光くんの声が、頭から離れない。宏光くんは付喪神のことを、危険な存在だと思っているんだろう。もちろん月下さんみたいな怖い付喪神たちもいるけれど、それが全てではないのに……。

「いつの世でも、丹波家はうるさいものだから気にしなくていいよ。あれは代々上倉家の補佐役。覚悟があると言っていたし、宏光にも自覚が出て来たんだろうね」

しみじみ呟いた蘇芳さんに、そういうことじゃない、と頭を抱える。

「別に宏光くんは上倉家の補佐役じゃないですよ？　そんな時代は終わったんです」

「だとしても血がそうさせるんだよ。ふふ。人間は誠に愉快だね」

血が？　蘇芳さんを呆然と眺めていると、急にその手が私の手を強く掴んで引き寄せられる。ハッと顔を上げると、至近距離で蘇芳さんが妖しく微笑んでいた。

「……僕は君がこちら側に立つことを望んでいるよ。たとえ丹波が引き留めようとね」

にいっと歪んだ唇が私の耳元で囁く言葉に、がくんと体から力が抜ける。慌てて床に手をつくと、蘇芳さんは満足げに立ち上がる。

「君が落ち込んでいる顔をしていると、皆心配するよ。宏光とよく話をしなよ」

蘇芳さんの姿が棚の奥に消えた途端、どっと心臓が跳ね上がる。うわ、何、今の。気づいたら絡めとられて落ちてしまいそうな甘さで囁かれて、耳元からぞくぞくと電流のような痺れが全身を駆け巡って普通に座っていられなかった。

こちら側に立つって、どういうこと？

もしかして、人間の世界を捨てて、あやかしの世界に？

そんなバカげたことを真剣に考えてしまうほど、蘇芳さんの声が耳に残った。


「ねえ、その裂け目、やっぱり縫ってあげようか？」

翌日、薄暗い蔵の片隅に座っていた布団を見つけて提案すると、首を横に振る。

「このままでいい」

「そっか……」

やっぱり断られてしまった。ちょっとストレートに提案しすぎたのかもしれない。捨てられて今は上倉家にいるのなら、もう昔のことを忘れて、元気に過ごしてほしいのにな。でもこの子は、そうすることを拒否しているみたい。

どうしよう、何て言ってあげればいいんだろう。自分の経験値の低さに落ち込む。

「ねえ、結花」

布団は急に心細そうな表情で、私を覗き込む。

「――人間は、昔のことなんて、忘れちゃうのかな？」

「え？」

どういうことかと思って尋ね返したけれど、布団は寂しそうに目を伏せて頭を横に振る。上手く言葉が出て来なくて、沈黙が私たちの間に流れた。

布団に聞かれた時、しっかり答えるべきだったのかもしれない。でも、一体何て答えてあげればよかったのか。しかも布団のことを何も知らないに等しい私が、軽々しく答えていい問いではなかったような気がした。

そう、私、この子の名前も知らないでいる。

「あのね、何となく聞きそびれちゃったけど、名前教えてくれないかな？」

緊張してしまった。今更というのもあったし、何より友達になる儀式のようで、怖気づいたところもある。

「オイラ、名前ないよ」

「えっ、名前がないの？　あの、元の持ち主から呼ばれていた名前とかって……」

「ないよ。結花は自分の物に名前を付けるの？」

逆に尋ねられて沈黙する。大事だとか思い入れが強い物に名前を付けることはあるのかもしれないけれど……。でもそれを言ったら、この子は傷つくかもしれない。

何も言えなくなった私に、布団はケラケラと明るく笑う。

「結花は正直者だね。すぐ顔に出る。でも優しくて好き」

布団は正座をしていた私の足にもふっと抱き付く。熱が伝わって来て、シルクでできているのか、肌触りがとてもよかった。

「結花の名前は、どんな意味があるの？」

「えっと『花を結ぶ』って漢字なんだけど、人と人との縁を結ぶような子になってほしいってお父さんとお母さんが名付けてくれたの。結人だと男の子みたいだから、人の字を花に変えたってお母さんが言ってた……」

「ふふ、結花にぴったりな名前だね。結花は華と華の捜し人をもう一度会わせてくれたんでしょ？　付喪神と元の持ち主の縁を結花が結んでくれたんだね」

人と人との縁や、物と人との縁を結ぶ人。自分の名前を深く考えたことがなかったけれど、実際にそういうことができる人になりたい。

図らずも鍵守という役目は、布団が言った通り、縁を結ぶ役目もあるのかもしれない。なのに、宏光くんに対して喧嘩腰になってしまって、本当に自分がふがいない。

「羨ましいなあ。オイラも名前が欲しい」

ぽつりと呟いた布団に、おずおずと尋ねる。

「あの、もしよかったら私が付けてあげようか？」

突拍子もない提案だったからか、布団は目を丸くして私から離れた。そうして目尻を下げて笑みを作った後、急に悲しげな表情に変化した。

「……オイラ『布団』のままでいい。ありがとう結花。気持ちだけもらっておくね」

私を心配させないようにか、布団は明るい声を出してまた私の足に抱き付く。でもさっきの表情が消えてくれない。どうすることもできない自分に歯がゆさを感じながら、布団を撫でることしかできずにいた。すると布団がぽつりぽつりと話し出す。

「オイラ元々、いっちゃんのためのお布団だったの。いっちゃんがまだお腹(なか)の中にいる時から、お母さんとおばあさんが丁寧に刺繍をして、いっちゃんが生まれるのを待ち望んでた。もちろんオイラもいっちゃんに会えるの、ワクワクしてたんだ。そうしていっちゃんが生まれて、家の中、ぜーんぶ幸せ一杯だった」

布団の布地には、白糸で見事な刺繍が施されていて、鶴や亀、美しい花々で溢れていた。今はボロボロになってしまって、薄汚れてしまっているけれど。

「オイラはいっちゃんが大好きで、ずーっと見守ってた。いっちゃんもオイラが大好きで、オイラが一緒じゃないと眠れなーい！　って言ってたの。いっちゃんの笑顔も泣き顔も、初めて立った日も、初めて話した言葉も、オイラ全部覚えてるよ」

しんとした静寂が、辺りを包む。私も黙って布団に耳を傾ける。

「でもね、いっちゃんはあっと言う間に大きくなっちゃって、オイラはすぐに押入れの奥に入れられちゃったんだ。でも、何年か経ったら、もう一回赤ちゃんがやってきた。オイラ、また楽しい日々が始まるってわくわくしてたんだ。新しい赤ちゃんもオイラを大事に使ってくれたの。すっごく元気な子。いっちゃんも手を焼いていたよ」

すごく楽しそうで私まで頬が緩む。昨日のことのように覚えているのだろうか。

「でも……」

急に布団は躊躇って黙り込んだ。続きを促そうとする前に、布団は目を伏せた。

「……ううん、何でもない。ねえ、オイラ眠くなっちゃった。虫干ししたいから母屋の日当たりのいい部屋に行きたいな」

「え？　う、うん……。じゃあ、母屋に行こうか」

無理やり聞き出すことが正しいと思えず、唇を引き結ぶ。少し日が傾き出して、背に当たる日差しが柔らかくなったのを感じていた。


「ねえ、宏光と喧嘩してるの？」

布団を日当たりのいい部屋に置いた後、一人で縁側を歩いていると、急に庭の奥の草が動いて、金髪の女の子が出て来た。驚きのあまり軽く飛び上がる。

「た、環ちゃん⁉　な、何で知ってるの⁉　ていうか、どこから来たの⁉」

「えー庭？　最近、宏光と毎日会ってたでしょ？　でも宏光が上倉家に通うのをぱったりやめちゃったから、喧嘩してるんじゃないかって、町中の噂だよ」

ま、町中の噂。喧嘩したのは一昨日のことなのに、まるで何日も会っていないみたいになっている。これが噂に尾ひれがつくということなのか。

「あんた意外とやるねえ。あの宏光を怒らせることができたなんて、貴重だよ」

悶々としていた私なんてどうでもいいように、環ちゃんは縁側で青いビーチサンダルを脱ぎ捨てて、勝手に部屋に上がる。ど、どうしよう。急に現れた同年代の女の子に緊張する。でもどうにも気になる事を言われたような。

「き、貴重？」

「貴重貴重。あいつ丹波家の跡取り息子でしょ？　小さい頃からずっと大人に囲まれて、町のいろんな問題を解決してきたから、可愛げのないヤツに育っちゃってさあ。何があってもそつなくこなすし、一段上から物事を見てるようなヤツだから、本気で怒っているのとか見たことないわ～。やっぱり上倉家相手だと素直になるのかなあ」

そんな宏光くんを怒らせてしまった。その事実に愕然とする。全身が萎縮してひやひやと頭の奥から凍り付いていく。

「どうしよう……。宏光くんを本気で怒らせちゃった。宏光くんは私の初めての……」

「えっ⁉　嘘！　は、初めての……？」

「ここに来て初めての、大事な友達だったのに！」

せっかく友達だって言ってくれたのに、私のことを嫌いになったのかもしれない。思えば私、あんなに誰かに向かって怒ったことなんて、今までなかった。いつも相手の顔色ばかり窺っていて、自分の感情をあまり出したこともなかった。なのに私、宏光くんに自分の意見を押し付けるように怒鳴ってしまった。

宏光くんに甘えていたのかもしれない。

「はあ～……。つまんないな～。友達、かあ」

気怠そうな声が降って来て顔を上げると、環ちゃんが私の傍でごろりと横になった。ホットパンツからすらりと伸びた長い脚が、恥じらいもなく投げ出されている。

いつの間にか環ちゃんと普通に会話をしていた。まるで私が勝手に作る壁を、環ちゃんは強引に蹴破って中に入ってくるみたい。

「別に仲直りすればいいじゃん」

「そ、そうなんだけど……、難しいよ」

喧嘩したことないから、仲直りの仕方もわからないなんて言えない。

「難しい、ね。ああ～、よくわかるわ～」

もう一度ごろりと環ちゃんは寝返りを打って、私に背を向ける。日の光みたいな綺麗な金の髪が、さらりと風に靡いた。

「……環ちゃんも、お兄さんと喧嘩中、なんだよね？」

呟くと、かすかに環ちゃんが笑った。でもどうにも泣き声のように聞こえた。

「宏光に聞いたの？」

「うん、公民館で環ちゃんに会った後に少し。その後、お兄さんと婚約者の瑞穂さんが環ちゃんを捜しに来たから、二人にも会ったよ」

急にガバリと勢いよく起き上がった環ちゃんは、立ち上がって私を見下ろす。

「忠告してあげる。喧嘩ってね、長引けば長引くほど、落としどころがわからなくなるの。謝って、謝られて、すんなり許しちゃったほうが絶対いい」

「それは……」

「ねえ、しばらく上倉家に泊めてよ！　実は家出しようと思ってたんだ！」

突然の申し出に呆気に取られていると、ズカズカと環ちゃんは隣の部屋に侵入する。

「本当に上倉家って広いわ。あ、この部屋日当たり最高！　ここにしばらく泊まる！」

「ちょ、ちょっと、家出って、環ちゃ……」

戸惑いながら環ちゃんの後を追って部屋に入ると、環ちゃんはすでに部屋のど真ん中で大の字になっていた。しかも環ちゃんの手にはあろうことかあの布団。

鍵は私が首に掛けているから相性が良くても環ちゃんには視えることはない。布団が「結花、助けて！」とバタバタ体を揺らしていたから、急いで二人の傍に寄る。

「風出て来たかなあ。何、このボロボロの布団」

その言葉に安堵する。視えないとはわかっているけれど、まだ全然慣れない。

「ちょっと虫干ししてたの」

急いで布団を取り戻そうとしたけれど、環ちゃんは起き上がって「見てよ」と、私を手招きする。

「これボロボロだけどすごく細かい刺繍がしてあるよ。手触りもシルクだ。子供用の小さい布団なんだね。……きっと生まれてくる赤ちゃんのために、作られたものなんだろうなあ。もしかして結花が生まれた時に使った物なの？」

「ううん。違うよ。これは誰かが上倉家に持ち込んだ物みたい」

「そうなんだ。こんな刺繍初めて見た。これを使った子は愛されていたんだろうね」

羨ましいよ、と呟いて、環ちゃんは愛おしむように布団を撫でる。

「――大事とか好きとか思っている証明を、物がしてくれるって素敵だよね」

環ちゃんは笑顔で呟いた。でもすぐに悲し気な表情に変わる。表情の変化に戸惑っていると、環ちゃんはぽつりぽつりと話し出した。

「あたし、お嫁さんの瑞穂さんに嫉妬しちゃってる。瑞穂さんは何にも悪くないのに。お兄ちゃんも悪くないのに。あたし二人の結婚の事、許せないでいる」

環ちゃんのもどかしい感情が雪崩れ込んで来て、許せないと言うくせに、言葉の端々から、許したいと伝わってくる。

「お父さんとお母さんは二人とも看護師で、夜も関係なく働いていて、家にいないことが多かったから、ずーっとお兄ちゃんがあたしの親代わりでさ、ずーっとお兄ちゃんがあたしのものだって疑わなかった。あたしの我が儘なんでも聞いてくれるし、あたしのこと一番に考えてくれているって信じてた。バカだよね。もうあたしも高校生なのに、お兄ちゃんに甘えっぱなしでどうしようもないの」

環ちゃんが顔を上げると、大きな両目は涙でうるんでいた。

「結婚式が終わったらお兄ちゃんは瑞穂さんと暮らすから家を出るのに、どうしても気持ちの整理がつかなくて、喧嘩して、気づいたら家を飛び出してた」

さらりと靡いたその金髪は、お兄さんへの反抗。

「あたしが変わらないといけないのに、また逃げちゃった」

環ちゃんみたいに明るい人でも、そう思うんだ。しかも逃げるとか変わりたいとか、隠しておきたいことなのに、私に打ち明けてくれた。それが私の背を押す。

「あ、あの。私もね、東京でいろんなことからずっと逃げてた。でも、やり直したくて、変わりたくてこの町に来たの」

「……結花もあたしと一緒で、変わりたいんだね」

苦笑いだったけれど、環ちゃんの笑顔を見ることができて、ほっとする。

「うん。だから約束しよう。私も逃げないようにするから、環ちゃんも逃げないで」

「えっ……」

「環ちゃん言ったよね？　喧嘩は謝って、謝られて、すんなり許しちゃったほうが、絶対いいって」

「え、ええ⁉　無理だよ！」

「無理じゃないよ！　私、今から宏光くんに謝ってくる！　私が謝ったら、環ちゃんもお兄さんたちに謝ろうよ、ねっ！」

「はあ⁉　結花！」

引き留める声を振り切って、靴を履いて長屋門を目指して駆け出す。すでに太陽は西に傾いて、辺りを赤く染めている。

自分でも行動力に驚いていた。でもこれくらいの勢いがないと、またうじうじ悩むところだった。こうなったら怖気づく前に、全力で駆けて行くしかない。

上倉家に続く石段を駆け下りて、田んぼのあぜ道をまっすぐに走っていくと、大きな家が見えた。前に宏光くんがあぜ道をまっすぐ行くと丹波家だと言っていたのを思い出す。チャイムを探そうとした時、門の奥の玄関から出てくる人に目が留まった。

「――宏光くんっっ」

思い切り叫ぶと、驚いたように顔を上げた。

「な、何だよ、お前……。ど、どうしてここに？」

珍しく宏光くんが動揺している。上がった息を整えて、顔をぐっと上げる。

「宏光くんと話がしたくて来たの。ええっと……」

勢いで来たはいいものの、どうやって宏光くんに謝ったらいいかわからなくて、言い淀む。単純にごめんなさい、と言えばいいのに、喉に張り付いてしまったようで、なかなか出てこない。

「――この間は悪かった。俺、言い過ぎたな。ごめん」

俯いた私に降って来た言葉に、息を呑む。そして息を吐き出すと同時に、強張っていた何もかもが解けていくような感覚に襲われる。

緊張で上がった肩も、締まった喉も、涙腺までも、緩み出す。

「宏光くんが謝る必要はないよ。私が悪かったの。宏光くんが言うこと、全部図星だったのに、認められなくて……。本当にごめんなさい」

「俺が言い過ぎただけだ。俺も結構人の事考えられずにズケズケ物を言うから……」

そうか、これでいいんだ。お互いに、謝って、謝られて、許せばいい。

ちょっとくすぐったくて、照れくさくて、でも喧嘩する前よりももっと宏光くんを大事にしようと思っている。自分のことを話すのは怖いけれど、もっと宏光くんに本音を言わないと、またすれ違いが起こってしまうのは自分でもわかっていた。

「あのね、私、華さんのことがあってから、自分にできることがあるなら、彼らを手伝いたいって思っていたの。困っているなら助けてあげたいって。でも宏光くんに言われて、やっぱりただの自己満足だったのかなって……」

布団があの裂け目を直したくないのなら、もういいのに。でも……。

「傷ついているなら、擦ってあげたい。悲しいなら、傍にいたい。そう思うことは、やっぱりよくないことかな？」

それがたとえ、人ではないものだとしても私は……。

「いや、間違ってない。……あのさ。俺が怒った理由、わかってる？」

「え？」

「──俺はお前が心配だから、怒ったんだよ」

首を傾げると、宏光くんが一度大きく息を吐く。そうして私をじっと見つめる。

一陣の風が吹き渡って、心の中の淀んだものを吹き飛ばして攫って消える。

「本当に傷ついているのは、お前じゃねえの？　悲しいのは、本当は……」

──私。

擦ってもらいたいのも、傍にいてほしいのも、私。

「お前は人間じゃない物にまで優しいから心配なんだよ。あいつらは『化け物』なんだ。お前が味方なのはわかるが、あいつらはお前の味方じゃないかもしれない。お前の優しさに付け込んで、化け物の世界に引きずり込まれるかもしれない。だから俺は、これ以上お前に入れ込んでほしくない」

この間と同じようなことをもう一度宏光くんが言っているのはわかっていた。でもムッとしないのは、宏光くんが私を心配してくれているからだってわかったから。

「……あいつらを、自分の存在理由にするなよ」

宏光くんには見透かされていたんだ。

言葉が落ちなくなった私に、宏光くんはしばらく黙った後に口を開く。

「俺はさ、お前に初めて会った時、恐らくこれから同じものを背負っていくんだろうなって感じた。俺も、お前も、どういう立場かはわからないけど、大人になればこの神蔵町と元蔵町に大きく関わって、町を背負って生きていくんだろうって」

そう言った宏光くんの背後には、夕焼けに染まった町並みが、広々と広がっている。

この町を背負うとか考えたことはない。

でもそれが上倉家と丹波家に生まれた者の、定め？

「俺は丹波家の人間だ。代々、上倉家を補佐してきた。だから俺もお前を、補佐する宿命なんだろう。そう思ったから化け物を視る覚悟があるって言ったんだ。補佐するなら、上倉家の蔵を無視することはできないからな」

宏光くんはじっと私を見据える。まるですでに決意を固めたような表情に、戸惑う。

「いいよ。お前は付喪神も、この町も、好きなようにやれよ。ただ、必ず俺に相談しろ。俺はお前が間違っていると思ったら、容赦なく怒るし、軌道修正させる。いいな?」

「う、うん。わかった、これからは必ず宏光くんに相談するから」

強い言葉に、思わず頷くと、宏光くんは私に向かって微笑んだ。張りつめていた空気が、一気に緩む。

「よし。結局、布団のことはどうするんだ」

「ちょ、ちょっとまだ何も考えてなくて……」

ど、どうしよう。びっくりした。宏光くんの笑顔を至近距離で見てしまった。普段一切笑わないから破壊力抜群だ。蘇芳さんの時みたいに、心の奥がびりびり痺れて、何も考えられなくなってしまう。突然挙動不審になった私を、訝し気に覗き込む宏光くんにさらに焦りが増す。駄目だ、何でもいいから喋らないと!

「そういえば! 環ちゃんが家出するからしばらく泊めてって。なぜか庭から来たの」

「庭? 神出鬼没すぎるな。しかも家出ってあいつ……」

やれやれと宏光くんが歩き出す。

「どこに行くの? どこかに行くつもりじゃなかった? あ、ごめんね、引き留めて」

尋ねると、宏光くんはバツが悪そうに、顔を背ける。

「元々お前の家に行こうと思って家を出たからいい」

もしかして、宏光くんも私に謝ろうとしてくれていたんだろうか。

何も言わない宏光くんの背を、私も追いかけた。そして上倉家に着くまでに、宏光くんと会わなかった間のことをいろいろと話していく。環ちゃんのこと、そして布団から聞いた過去のこと……。

また宏光くんと一緒に歩くことができることに、弾む心を抑えられなかった。

四

「うわ～、あんた来るなり説教？」

「だから門から入れって言ってるだろうが。都成はいつもいつも……」

さっき宏光くんを怒らせるのは貴重だって言っていたのは何だったんだろう。環ちゃんに対して宏光くんはガンガン怒っているような……。

「あー、はいはい。わかりましたあ。次は門から入りますう。これでいい？」

ふん、と環ちゃんは顔を背ける。宏光くんは頭を抱えて項垂(うなだ)れていた。

「それになんだよ、家出するって。兄貴、結婚したら家出るんだろ？　最後の数日間くらい、一緒にいるべきだろ。でないと後悔するぞ」

「うるさいなあ。お兄ちゃんなんて、さっさと家出たらいいんだよ！」

「環ちゃん、私宏光くんに謝ったよ？　だから環ちゃんも……」

「うう……。まだ駄目！　駄目なの！　お願い泊まらせて～」

思わず宏光くんと顔を見合わせる。女の子を家に泊めたことがないから緊張するけれど、環ちゃんならあまり気を遣わなそうだし……。よ、よし、挑戦してみよう。

「今日は泊まってもいいけど、ちゃんとお兄さんに上倉にいるって電話して？」

そう言うと、環ちゃんは私を恨めしそうに見つめた後、渋々立ち上がる。

お父さんはまず反対しないだろう。むしろ、結花に女の子の友達ができた！　って喜びそうだ。環ちゃんは、友達、なのか、よくわからなくて困惑するけれど。

「電話貸して」

黒電話のある部屋への行き方を説明すると、環ちゃんはぶすっとした表情をしながら猫背になってとぼとぼ歩いて行く。

「環ちゃん、多分意地張っちゃって、妥協できなくなってるんじゃないかなあ」

どうしようと宏光くんと話していると、急に私の膝の上にあった布団がむくりと起き上がって、「ねえ」と言った。

「どうしたの？」

「何だよ。布団が何か話そうとしているのか？」

「あ、そうなの。言いたいことがあるみたい。ごめん気が利かなくて。鍵を……」

　慌てて宏光くんに蔵の鍵を渡す。その後、布団がぼそぼそと話し始めた。

「……あのお姉さん、すごく悲しそうだね。さっき結花とお姉さんが話しているのを聞いていたけど、もしかして仲直りして、お兄さんのことを祝ってあげたいの？」

「うん、素直になれないみたい」

「ねえ結花。あのお姉さんって、お兄さんが自分よりも『特別』を見つけちゃったことが嫌なんだよね」

「……うん。そうだと思う」

「さっきも話しながら笑っていたけど、オイラには泣いてるみたいに見えたよ。もしかしてお姉さんはお兄さんに、『捨てられた』って思ってるの？」

　ストレートに聞いてくる布団にどう答えていいかわからなくて、口を噤む。

「かもな。あいつ本当に兄貴にべったりで、兄貴も都成に対して必要以上に過保護だったから、そんな兄貴が自分を捨てて出て行くって怒っているんだろうな」

黙った私の代わりに、宏光くんが答えてくれた。布団は逡巡するように俯いた後、小さな小さな声で呟いた。

「それは……、悲しいね。オイラ、お姉さんの気持ち、すごくわかるよ」

静寂が部屋の中を重く満たしていく。『悲しい』という言葉がやけに強く胸に残った。

「……こいつに聞いたけど、布団がそう思うのは、『いっちゃん』のことか？」

尋ねた宏光くんに、布団はこくりと頷く。

「うん。オイラ二階から落ちちゃったんだよね……」

「もしかして、その裂け目は……」

驚きながら裂け目を眺めていると、布団は躊躇いながらも頷いた。

「落ちた時に大きな裂け目ができて、オイラ捨てられちゃった。直せばまだ使えたのに、人間はちょっと傷が付けば簡単に捨てるんだね」

やるせなくてたまらない。布団の言う通り、それが物の定めだとしても悲しい。

「お前は、簡単に捨てられた恨みを忘れたくないから、裂け目を直したくないのか？」

宏光くんが尋ねると、布団は勢いよく頭を振った。

「違うよ。オイラね、本当に楽しかったの。いっちゃんたちに使われて、毎日一緒に遊んで、眠って、すっっごく幸せだった。二人はもう、オイラのことなんて忘れちゃったんだろうけど、でもオイラは二人のことを忘れたくないから、この裂け目、直したくないの。もしも直せば何もなくなって、あの頃の楽しい思い出が消えてなくなっちゃうかもしれないでしょ？　オイラはそんなの嫌だから……」

そう言った布団に、宏光くんは驚いた顔をしていた。

――人間は、昔のことなんて、忘れちゃうのかな？

そう尋ねて来たこの子のことを思い出したら、涙が溢れてきた。

どうしてこんなに健気（けなげ）で、持ち主に対して従順なんだろう。

「お兄さんと早く仲直りできればいいね。オイラも何かできればいいけど……」

悲しそうな布団を、そっと撫でる。できたら布団も幸せになってほしい。

「はあ、もう最悪。聞いてよ、電話したらお母さんが出てさあ。今から超特急で迎えに来るとか言うの……って、何で結花泣いてるの⁉　さては宏光が泣かせたの⁉」

しんと静まり返っていた部屋の中が、突然騒がしくなる。驚いて顔を上げると、環ちゃんがのけぞってガニ股（また）で驚いていた。ああ、黙っていれば美少女なのに。

「俺じゃねえよ。勝手に俺のせいにするな」

「この神蔵市で起こることは、全部宏光のせいでいいじゃないの。丹波家は代々そういう役回りなんだから」

環ちゃんがやいやい言いながら、私と宏光くんの間に座る。

「あのね、環ちゃん。もしよかったら、お兄さんへの結婚祝い、何かしない？」

自分の意見を言うのは恐いけど、ほんの少しでも環ちゃんの力になりたい。そう思って気持ちを奮い立たせる。

唐突な私の提案に、環ちゃんは目を丸くした。

「は、はあっ⁉　絶対やだっっ！」

「お兄さんのこと、離れていても大事だって思ってる証拠を作って、贈ろうよ。ね？」

「い、嫌！　何で唐突に作るだなんて……」

「さっき環ちゃん言ったよね？『大事とか好きの証明を、物がしてくれるって素敵だよね』って。この布団みたいに、お兄さんへのお祝いの気持ちを込めて何か作ろう」

環ちゃんは私の手元にあった布団を見て、弾かれるように叫んだ。

「無理！　だってあたし、お兄ちゃんのこと許してなんか……」

「許したいんだよね？」

念を押した私に、環ちゃんは悔しそうにぐっと唇を噛みしめる。

「本当はお兄さんのこと、誰よりも祝福してあげたいんでしょ？」

そう言うと、環ちゃんの大きな瞳にみるみるうちに涙が溜まっていく。そして小さく頷いたと同時に、ポロリと落下した。

「本当は、誰よりも祝福したいに決まってるよ！　大好きなバカ兄貴なんだもん！」

「うん……。そうだよね。一緒に作ろう」

勢いよく畳に突っ伏した環ちゃんの震える背をそっと擦る。

環ちゃんを慰めているのに、不思議。自分が慰められているような気分にもなる。

私が環ちゃんを擦っているように、私も誰かにそうしてほしかった。

そうか。痛みを知っているからこそ、誰かにしてあげられるのか。

東京での日々も、もしかしたら無駄じゃなかったのかもしれない。

その時突然チャイムが響いた。環ちゃんが帰りたくないってブツブツ言いながら浮かせた私の腰にガシッと抱き付く。もしかして環ちゃんのお母さん？

「俺が出る」

宏光くんが代わりに立ち上がって部屋を出ていく。すぐに環ちゃんのお母さんらしき声が、玄関から響いて来た。

「宏光くんじゃない！　えっ、上倉家のお嬢様と恋仲って噂、本当だったの!?」

かあっと頬が上気するのを感じて反射的に俯くと、環ちゃんが私を見上げていた。

「……本当はあんたたち付き合ってるでしょ」

「泣いていたんじゃないの⁉　違うから！」

　ああ、また噂に尾ひれがつきそう。愕然としている内に襖が開いて、環ちゃんによく似た綺麗なおばさんが颯爽と姿を現して、私から環ちゃんを引き剝がす。

「環っ、何やってるの！　上倉家にご厄介になるなんて、あんたには百年早いわ！」

「う、うるさいなあ！　あたしがどこにいようといいじゃないの！」

　あの環ちゃんがまるで子犬。環ちゃんのお母さんには手も足も出ないみたいだ。

　なんかいいなあ。羨ましいな。

「あの、初めまして、上倉結花です。環ちゃんにはいつもお世話になっていて……」

「あらやだご挨拶が遅くなってすみません。環の母です～。ごめんなさいね、娘がご迷惑をおかけしちゃって」

「いえ、迷惑だなんて。落ち込んでいたら励ましてくれて、とっても嬉しかったです」

「ほ、本当に？　うちの娘が？」

「ほらあ！　結花はあたしのいいところわかってるよ！」

　調子に乗った環ちゃんの頭を、おばさんが容赦なく叩く。気持ちいい音が響いた時、環ちゃんのお母さんが急に「あら⁉」と声を上げた。

「この布団！　まだ上倉家にあったの⁉」

おばさんは傍にあったあの布団を手に取った。

「嘘！　やだ！　え？　ほ、本当に⁉」

何度も何度も確かめるように、おばさんは刺繍やあの裂け目を確認している。

「あの、もしかしてこの布団……」

「ええ、私と私の母が刺繍したの！　長男の将基の誕生祝いに、産休に入った頃に二人で刺繍して……。嘘でしょ？　麻里ってば取っておいてくれたの？」

おばさんはこみ上げてくるものを抑え込むように、大きく頷いた。

「どういうこと？　これお母さんたちが作ったの？　何でここにあるわけ？」

環ちゃんも戸惑っているのか、何度も布団とおばさんを見比べている。

「あの、よかったらお話ししてくれませんか？　私もその理由を知りたいです」

そう言った私に、おばさんは心を落ち着けるように深呼吸して、目許の涙を拭った。

「この布団、長男の将基のお気に入りでいつも一緒だったの。将基が成長して泣く泣くしまったけど、将基が中学生になる頃に環が生まれて、またこの布団を使ったのよ」

「そうなの？　あたしが？　記憶が全然ないんだけど」

「そりゃあそうよ。環が幼稚園に上がる前に手放したんだから」

「手放したって……どうして？」

「環も高校生だし、もう本当のことを教えてもいいわね。ある日、環が庭に生っていたリンゴをベランダから取ろうとして、将基と一緒に二階から落ちたのよ」

思わず宏光くんと顔を見合わせる。二階から落ちたって、布団の話と同じだ。

「でも環はこの布団を持っていたからクッションになったのと、将基が環を抱きしめて落ちたから、無傷だったのよ」

「え、え、ちょっと待って……。布団とリンゴって……、あの時……」

環ちゃんは頭を抱えて考え込む。

「あの時、将基は風邪をひいていたのよ。寝込んでいた将基に、環は二階のベランダに干してあったこの布団を将基に掛けてあげたくて取りに行ったら、その先にリンゴが生っていたみたい。食べさせてあげたくて手を伸ばしていたのを将基が見つけて、驚いて環を摑んだ瞬間、バランスを崩して落ちたの。あんたが泣きながら言ってたわ」

「そう……だった。あんまり覚えてないけど……確かにあの時……」

環ちゃんは呆然としながら、布団を眺めている。

「環と将基が落ちた時に、木の枝に引っかかったのか布団は大きく裂けちゃうし、将基も足を折ってしばらく入院していたの」

「もしかして、お兄ちゃんが左足を引きずっているのって……」

そうだ。公民館で将基さんに会った時、左足をほんの少し引きずっていた。

「あんたにはずっと事故で将基の足が悪くなったって言っていたけれど、本当は、環をかばったせいだったのよ」

「何で黙って……！」

「将基の意志よ。元は自分が風邪を引いたのと、環から目を離したから悪いのに、本当のことを知ったら環が気に病むからって」

「そんな……」

環ちゃんは、信じられないとうわごとのように何度も呟いていた。

「とにかく、将基は自分を責めちゃってね。環に危ない思いをさせてしまったって、酷く後悔してた。だから環のことを今まで以上に、何が何でも守るって決めたの。将基の度を越した過保護は、あの時のことがきっかけよ」

――僕らについている傷は、そのまま『思い出』なんだよ。

そう言った蘇芳さんの声が脳裏に蘇る。物の思い出だけじゃなく、人の思い出も、その傷に詰まっている。

「……それからだわ」

環ちゃんのお母さんが、大きく息を吐く。

「この布団を見るたびに、将基が酷く落ち込むようになってしまって。思い切って捨てようとしたんだけど、私も自分で刺繍した思い入れのある物だったし、何よりも環の命を守ってくれた物でもあるからずっと迷っていてねえ。家にあっても辛い、でも手放せない……。そんな時、麻里が全部承知で引き取ってくれたのよ」

「麻里さんと、知り合いだったんですか？」

「ええ。元々結婚するまで神蔵町に住んでいたの。私のほうが年上だったけど、私も麻里も大ざっぱな性格だったから気が合ってねえ。それでこういういきさつで処分しようか迷ってるって言ったら、麻里が上倉家の蔵でしばらく預かってくれるって言ってくれて、甘えて布団を渡したのよ。将基か環に子供ができた時に、もう一度仕立て直してあげようと思っていたんだけど、麻里が急に亡くなっちゃったでしょ？　どこにしまったか、治くんは知らないって言ってたから、もう無理かなって思ってたの」

捨てられたわけじゃなかったのか。布団はうんともすんとも言わず、黙っているけれど、小さく震えているのが私には視える。

おばさんの手の中で、恐らく泣いているんだろう。

「お母さんあたし、この布団を使ってお兄ちゃんに贈り物をしたい」

環ちゃんは零れる涙を拭うこともせず、真剣な眼差しでおばさんを見つめる。

「布団を使ってって、環……」

「子供ができた時にもう一度仕立て直してあげようと思っていたって言ったでしょ？　気が早いってわかってるけど、あたしがやりたい。お兄ちゃんだけじゃなくて、婚約者の瑞穂さんやこれから生まれてくるはずの赤ちゃんに、贈りたいの。お兄ちゃんの家族になる人たちに、ありがとうって、本当は大事ですって伝えたい」

――大事とか好きの証明を、物がしてくれるって素敵だよね。

環ちゃんの言葉を思い出す。

「結花、伝えて」

気づけば、布団が私をじっと見つめていた。

「オイラ、もう一度『好きの証明』になりたい」

今にも泣き出しそうに微笑んだ布団は、見たこともないほど優しい表情をしていた。どうにも涙が堪え切れずに、喉が締まって言葉が出ない。

でも伝えないと。それが私の、『鍵守』の役目――。

「あの、私からもお願いします。そうするのが環ちゃんにとっても、将基さんたちにとってもいいと私も思います。この布団、お返ししますので……」

「お母さんお願い。お兄ちゃんの結婚、あたしなりにお祝いしたいの」

おばさんは環ちゃんの言葉を聞いて、布団に突っ伏して泣いていた。

五

「それでこういうことになったわけねえ」

蔵の中で蘇芳さんが呆れた声を出して、私の指の動きを目で追っていた。

「はい。環ちゃんが、刺繍が施されているカバーの表面だけ欲しいから、裏面は要らないって言ったんで、もらってきちゃいました」

「結花殿は裁縫も見事なものです。すいすいと針が進んで見ているだけで楽しいです」

伝兵衛さんが私の膝の上で楽しそうに手元を覗き込んでいる。

「確かに見入ってしまうね。君は貰った布を綺麗に縫い合わせてどうするの？」

「はい。子供用の布団と言っても、布の面積は結構大きいので、上手く使って小さいクマのぬいぐるみを作ろうと思ってます」

そう言った時に、私の肩に張り付いていた飛丸が舌打ちする。

「クマ!?　なんだよ、ムササビじゃないのかよ！」

「さすがにムササビは難しくて」

ごめんね、と謝ると、飛丸は口を尖らせ、渋々また私の肩で眠ろうとする。

型紙が手に入りやすかったからクマにしただけだけど、綿を詰める代わりに残った布を中に入れて、無駄なく作りたい。

「なるほどね。君とあの子は、布団を新しい物に生まれ変わらせてくれたんだね」

蘇芳さんがそれでいいと言うように、笑顔を見せてくれる。

「捨てるだけじゃなくて、新しい物にして受け継いでいくことも大切だと思って」

環ちゃんと一緒に綿を抜いた途端、布団はただの『物』になった。いつもみたいに裂け目が歪んで笑顔になることも、あの子が話し始めることもなくなった。

付喪神たちにとって、『死ぬ』ってどういうことだろう。あの子が死んだなんて思いたくないけれど、最近ずっとそんなことを考えている。

「そのぬいぐるみが完成したら、蔵に置いておけばいい。いつか目覚めるよ」

「そうですな。恐らくそう時間はかからないでしょう」

二人の言う通りだ。蔵に置いておけば、必ず目覚めてくれるだろう。そうしたらもう一度話をしたいな。

「それより、まさか環のお兄さんの将基が『いっちゃん』とは思ってもみなかったね」

「はい。どうやら環ちゃんのお母さんが、将基さんがお腹にいる時にまだ名前が決まっていなかったから『一番目の子』という意味で『いっちゃん』って呼んでいたみたいです。あの子はそれを聞いていたから『いっちゃん』が名前で、『将基』があだ名だと思っていたそうですよ。綿を抜く前に、そんな話をしてくれました」

「なるほどね。とにかく、目覚めたら名前を付けてやるといいよ。蔵の中の物たちは付喪神として目覚めると、まず鍵守に名付けてもらうんだ。もちろん華のように、以前の主人に名付けられた名前を好んで使う物もいるけどね」

「そうなんですか？　じゃあ、蘇芳さんも伝兵衛さんも私のご先祖様に？」

「うん。僕らは歴代の鍵守に名付けられて、上倉家を主家と定めている。名付けは上倉家と付喪神の主従を結ぶ、大事な契約の儀式だよ。あの布団は麻里の時代に来たからできなかったんだ。尽くす人間がいないのは、物にとって最大の悲しみだからね」

頷いた私に、蘇芳さんがそういえばと首を傾げる。

「環はあの布団で一体何を作ったの？」

六

八月八日。末広がりの八が二つ並び、さらに大安吉日。

「――この度は、都成家長男、都成将基と兼子瑞穂が、無事に結婚成就致しましたことを、上倉家御一同様にご報告申し上げます」

白無垢姿の花嫁様に、紋付き袴の花婿殿が、上倉家の一室で恭しく礼をした。

「あ～……っと、この度はお日柄もよく、えっと～……」

お父さん頑張れ！　と叫びたいのを堪えながら、私も手をついて頭を深く下げる。

これはこの地方ならではの慣習で、結婚式の当日の早朝に、両家の一族が揃って上倉家に挨拶に来るらしい。今まで麻里さんはこの慣習を放棄して丹波家に押し付けていたらしいから、久しぶりに上倉家に花嫁さんと花婿さんが来ることになった。

三日前から、お父さんはずっと挨拶文の練習をしていたのに、どうやら緊張のあまり忘れてしまったみたいだ。それでも何とかなったのは、お父さんの横で、小声で挨拶文を教えてくれていた宏光くんのおかげだろう。

挨拶が終わった後、お父さんを取り囲むようにして一人一人話しているせいか、なかなか終わらない。私と宏光くんは次の間に下がって、終わるのを待つことにした。

「ごめんね、お父さんが迷惑掛けて」

「しょうがねえよ。治さん、初めてだったんだろ。二、三回こなせば何とかなる」

さすがに友行さんやアキさんが表立ってお父さんを助けるのは、曜子さんの手前難しいからということで、宏光くんが丹波家から派遣されてきたらしい。もし宏光くんが来てくれなかったら、どうしようもない門出になってしまうところだった。

溜息を吐いた時、急に強い視線を感じる。その方向を見たけれど、誰もいない。

また気のせい？

「どうした？」

「あ、ううん、何でもないよ。それにしても、宏光くんって和服が似合うね」

今日はおめでたいということで、お父さんも私も宏光くんも和服。アキさんがこっそり着付けを手伝ってくれたけど、こういうのもしっかり覚えるべきなんだろうな。

「冠婚葬祭で、着物を着る機会が多いからな」

確かに宏光くんの体に着物が馴染んでいる。私みたいに着られている感じはない。元々宏光くんは姿勢もいいし、細身だけど筋肉ありそう。キリッとした精悍な顔つきだし、モテそうだなあ。

「そういえば宏光くんって、彼女とかいるの？」

不意に疑問に思ったことを尋ねると、宏光くんはみるみるうちに目を見張った。

こんなに驚いている顔を見たのはもしかしたら初めてかもしれない。

「……お前って、今更聞く？」

「え？」と、首を傾げると、宏光くんは疲れたように大きな溜息を吐いた。

「夏休みに入ってお前が越して来てから、ここ最近ずっと一緒にいるんだけど」

「え、あっ、そ、そうだね！　彼女がいたら怒るよね。ご、ごめん」

　華さんの一件からほぼ毎日何だかんだで宏光くんに会っている。これで彼女がいたら、間違いなく恨まれているか、浮気していているか疑われるだろう。

「お前は？　東京に彼氏いるんじゃねえの？」

　自分がおかしなことを聞いたことをようやく理解する。

「い、いないよ！　宏光くんだって今更だよ。私、夏休みに入ってから、ここ最近ずっと宏光くんといるんだけど」

　さっき宏光くんが言った言葉を引用すると、宏光くんは楽しそうに笑った。そんな屈託のない笑顔、反則だ。でも本当に今更だけど、確認したくなったのは何でだろう。

「そういえば環ちゃん、まだ来てなかったね……」

　四十人くらいの人がいたけど、その中にあの日の光みたいな金髪はいなかった。

「ああ、いなかったな。結局あいつ、将基さんに渡せたのかな」

「……昨日の時点でもまだ完成してないって言ってたの。仲直りもできてないみたいだったから、もしかしたら上手くいかなかったのかも」

すごく頑張っていたけど、環ちゃんは想像を絶するほど不器用だった。何度も自分の指に針を刺して指先は絆創膏(ばんそうこう)で一杯だった。でも諦めずに頑張っていたのに。

「ちょっと私、捜してくる！」

「おい、待てよ！　そろそろ挨拶も終わるみたいだぞ！」

思わず部屋から飛び出した私に焦った声が追ってくる。足を止めると、ちょうど、セーラー服の女の子が敷居を跨(また)いで玄関に入って来たところだった。

さらりと長い黒髪が靡き、真っ白い小さな顔を露にする。ぱちりとしたネコ目に、赤い口。アイドルみたいな可愛い女の子に見とれた後、猛烈な違和感が襲ってくる。

「あ、何あんたたち。まーたいちゃついてるの～？」

ニヤリと意地悪く笑った顔に、鈍器で頭を思い切り殴られたような衝撃が走る。

「た、環ちゃん!?」

口を開くと残念、って、間違いなく環ちゃんみたいな人のことを言うんだろう。

「いちゃついてねえよ。何だよ、ハレの日に遅れて来たのかよ」

「まあねえ。美容院で黒髪に戻したら、思いのほか時間掛かっちゃってさ」

環ちゃんは履いていたローファーをぽいっと脱ぎ捨てて家に上がって来る。

「しかも真っ黒。金髪にした時に色抜いたのが悪くてさ、作り物みたいな色でしょ」

　そう言ってあっけらかんと笑う環ちゃんはいつも通りだけれど、無言で立っていたら、清楚(せいそ)な美少女にしか見えない。落ち着かなくてドキドキしてしまう。

「結局、完成したのか？」

　宏光くんが尋ねると、環ちゃんは私たちに向けて、笑顔でピースサインを見せる。そうして奥の部屋へとさらに入って行く。途端に部屋からざわめきが湧き出すように聞こえて、私たちも環ちゃんが入って行った部屋に足を踏み入れた。

「た、環っ！　来てくれたのか⁉」

　お兄さんの将基さんが驚いて中腰になっている中、環ちゃんは颯爽とお兄さんに向かって歩いて行く。そうしてお兄さんとお嫁さんの瑞穂さんの前で足を止めた。

　瞬く間に異様な緊迫感が辺りを満たした。しんとした静寂が満ちる中、環ちゃんはギロリとお兄さんを睨みつけていた。

　また喧嘩だ、と誰もが確信した時、環ちゃんの両目にみるみるうちに涙が溜まり、そしてボロボロと零れ落ちた。

「誰よりも幸せになってくれないと、絶対絶対許さないからっ！　あたしのお兄ちゃんは優しくて穏やかなところだけが取り柄だけど、日本一、世界一、ううん、宇宙一なんだから！　だから宇宙一幸せにならないと許さないからっっ！」

環ちゃんの絶叫が、部屋の中に幾重にも反響する。

「──お、お兄ちゃん。い、今まで本当に、ありがとうございましたっ」

環ちゃんはお兄さんに向かって、涙声でしゃくりあげながら深々と頭を下げる。そして持っていた紙袋をお兄さんと瑞穂さんに向かって乱暴に差し出した。

「……これは？」

戸惑いながらもお兄さんが袋から出したのは、小さな赤ちゃん用の枕。

今日のために間に合わせたくて、ここ最近ずっと環ちゃんが作っていたもの。

「……環が作ってくれたのか？」

「うん。いつか二人の間に子供が生まれたら、この枕を使ってほしくて。縫い目がガタガタだけど……。不器用でごめん」

「ありがとう。ありがとう、環。あれ、これって……」

お兄さんが驚いたように顔を上げる。

「気づいた？　これあの時の布団をリメイクしたの」

洗って汚れを落としたら見違えるほど白くなり、環ちゃんのお母さんとおばあさんが入れた見事な刺繍が浮かび上がった。大きな裂け目を環ちゃんが縫い直し、元々あった刺繍の横に、小さな花の刺繍をおばさんのスパルタ指導で環ちゃんが入れた。

「あの時、ごめんね。お兄ちゃんが左足を少しだけ引きずって歩くの、あたしのせいだったんだね。全然覚えてなくて、事故のせいだって聞いてたから……。お母さんから布団の話を聞いて全部思い出したの。あたし、あの時お兄ちゃんが咳をして寝込んでいたから、布団とリンゴを……本当にごめんなさい」

　環ちゃんの声が涙でかき消される。

「気にしなくていい。僕を心配してくれた環に何の非もない。環はただ人一倍優しかっただけだ。僕の、自慢の妹だから……、今日本当に来てくれてよかった……」

　お兄さんが小さな枕を大事そうに抱きしめると、その上にポトポトと涙が散る。

「あの時裂けた布団の傷、綺麗に縫い合わせたよ。お兄ちゃんも、もうあたしに過保護にしなくていい。お兄ちゃんが守ってくれたから、今まで一度も怖い思いをしなかったよ。今まであたしを守ってくれて、大事にしてくれて、ありがとうお兄ちゃん」

　お兄さんは涙を拭いながら、大きく頷いた。

「――この枕は、家を出ても、あたしたち家族はお兄ちゃんのこと大好きだよって証。これからはあたしじゃなくて、新しい家族を守って生きて。瑞穂さん、お兄ちゃんのことをよろしくお願いします」

「環、ありがとう……」

「ありがとね、環ちゃん。こちらこそよろしくね。枕、大事に使わせてもらうから」

「うん。二人とも結婚おめでとうございます。あたしもすっごく嬉しい」

深く頭を下げた環ちゃんを、瑞穂さんとお兄さんが抱きしめる。環ちゃんは二人を抱きしめ返して、人目を憚らず泣いた。私の瞳からも堪え切れずに涙が落ちる。

ただの自己満足かもしれないけれど、あの大きな裂け目を直した布団は、捨てられたと思って悲しんでいたことを乗り越えたんだ。

私も友達に捨てられたとずっと思っていたから、布団と自分を重ね合わせていた。私の心の裂け目もこの町に来たことで縫い合わさって癒えていくと信じたい。

今日はお兄さんたちの門出だけど、環ちゃんの門出でもある。

環ちゃんたちの行く道が、幸せなものでありますようにと、三人の姿を見ながら願っていた。


「ありがとう、結花が何か作ろうって言ってくれなかったら、あたし間違いなく何もしなかっただろうし、結花のおかげだよ」

泣きはらした目で、環ちゃんが照れ臭そうに苦笑いする。

「そんなことない。でも間に合って本当によかったよ。あ、枕に名前を付けてあげて。

きっと愛着が湧いて、さらに大事にするよ」

その分、物も同じように私たちに尽くしてくれる。

「確かにそうだね。お兄ちゃんと瑞穂さんと一緒に考えてみるよ。あ、ねえ。あたしのこと、『環』でいいって言ったでしょ？」

ドキっとして、息を呑む。

「あたしたち、もうとっくに友達なんだからさ」

環ちゃんはにかっと明るく笑っていた。もう髪は金色ではないけれど、あまりの眩しさに、くらりと目眩がする。

女の子から友達って言ってもらえた喜びが、爆発するように胸の中一杯に広がって、自ずと満面の笑みになっていた。

「う、うん。……ありがとう、環」

「よーし！　夏休み後半戦、沢山遊ぶからねえ！　覚悟しなよ、結花！」

豪快に笑った環は、抜けるような青空の下、田んぼのあぜ道を縫うように歩いて行く花嫁行列を追って、元気よく駆け出して行った。

第三章　手鏡に秘められた過去

一

ひたひたと、裸足のまま縁側を歩いていく。深夜でも引かない真夏の熱のせいで寝苦しくて目が覚めてしまい、水を飲もうと台所まで来ていた。

きゅっと音を立てて蛇口を閉め、冷たい水を一気に飲み干す。コップを台所のシンクに置くと、ふわりと風が吹いて草の匂いが強く香る。

初めてここに来た頃は、この生きているものの匂いが苦手だった。鼻について気になることもあったけれど、不思議と以前よりは回数も少なくなった。

「……馴染んできたのかな?」

また縁側に出て、草の匂いをさらに吸い込むように大きく深呼吸する。

できることなら東京にいたことを忘れて、完全にここに染まりたい。そう願って瞼を押し上げた時、猛烈な視線を感じた。これ、何度か感じた視線と同じものだ。警戒しながら周りを見渡すけれど、闇に沈んで何も見えない。その時、雲の隙間から月が顔を出したのか、白い蔵が闇の中に浮かび上がった。するといつも通りの蔵ではない、強烈な違和感に目を凝らす。

蔵の二階の窓が開いている。しかも窓から誰かが顔を出していて、その顔と目が合っているような気がする。蔵とは少し離れているから確信は持てないけれど、あの長い髪に、離れていても伝わってくる殺意のような鋭い雰囲気は……。

――もしかして、月下さん？

ぞわりと恐怖が背筋を駆け上がる。薄くかいた汗が冷えて全身が凍えた。距離はあるし、月下さんがいるのは二階。こちらに来るには結構な時間が掛かると頭でわかっているけれど、勝手に膝が震えてくる。

今までずっと見られていたんだろうか。今すぐ離れるべきなのに体が動かない。でも、ふいと月下さんは興味なさそうに私から目を逸らして、夜空を見上げた。その些細な仕草に心が波立つ。何だろう、この違和感。蔵の中で初めて月下さんに会った時、あんなにも好戦的だったのに、今の月下さんからは粘度の濃い恐ろしい雰囲気は感じない。もしかして、敵対するのをやめた？　でも、どうして？

疑問ばかり膨らむけれど、一向に答えは出ない。ただわかるのは、以前会った月下さんとはまるで別人みたいだということ。

どうしよう。視なかったふりをして、部屋に戻るべきだよね。部屋に向かって二、三歩歩き出したけれど、勝手に足がぴたりと止まる。

き、気になる……。ちらりと振り返ると、まだ月下さんは二階の窓のところにいた。

正直怖いし、近寄りたくない。でも一体どうしたんだろう。

しばらく悶々と悩んだけれど、意を決してサンダルを履いて、蔵に向かって歩き出す。事が起こってからだと遅い、回れ右をして母屋に帰ったほうがいい、と何度も思ったけれど、私の足は止まらない。じりじりと蔵に近づくも、月下さんは私には目もくれなかった。月下さんらしくない反応に困惑して、しばらく蔵の前で立ち竦む。

「――最近、貴様が一階のやつらと上手くやってるって聞いたぜ？」

何を言おうか迷っている内に、そんな言葉が頭上から降ってくる。話を始めたということは、すぐに私を襲うつもりはないらしい。

「上手くやれているかはわかりませんが……、困っているなら手助けしたいです」

「……そうかよ。そいつはおめでたいことだ。鍵守としてせいぜい働け」

月下さんは無言になった。恐ろしい言葉はまだ落ちてこない。少し拍子抜けしたせいで強張っていた体から力が抜け、すんなり言葉が出てきた。

「あの、何をしているんですか？」

疑問に思っていたことを尋ねると、月下さんはぎろりと私を睨み付ける。あまりの眼光の鋭さに、前言撤回と全身が萎縮した。

「何してるってわからねえのか？　月の光を浴びてるんだよ」

そう言われて月下さんの目線の先を見ると、母屋の屋根の上に満月が顔を覗かせていた。あまりに大きな月に、圧倒されるように仰ぎ見る。

「月下さんはどうして『月下』って言うんですか？　上倉家が名付けたんですか？」

会話を続けなくては。そう思ったのが伝わったのか、月下さんが苦笑する。

「オレが一番映えるのが月の下なんだよ。名付けたのは前の持ち主だ。上倉は無関係」

もしかして、月下さんが一番『使われた』のが、夜だってことなのか。

「……試してみるか？」

急に周囲の空気が張り詰める。以前月下さんが斬った私の首元が、思い出したようにピリピリ痛む気がした。

「――貴様の命を、オレに捧げると言え」

蔑むように私を見下ろす鋭い瞳に、月光が反射して鈍く煌く。

「い、言いません」

たじろぎながらも首を横に振ると、ふっと息だけで笑った声が微かに耳に届く。

空耳（そらみみ）？　いや、でも確かに聞こえた。恐る恐る顔を上げると、月下さんはまた月を仰いでいて、どこにも殺意は感じられなかった。どうやら私は茶化されたようだ。

「……あの、今日はどうしたんですか？　この間の怖い月下さんじゃないみたい」

月光に照らされた青白い肌が、まるで陶器みたいな輝きを放っていて、少し触れたくなる。どっちが『本物の月下さん』なんだろう。

「月を見ていると、理性が戻ってくる」

「理性って、どういう……」

「血を求める本能すら凌駕（りようが）する記憶が、月を見ると蘇るんだよ」

もしかして――。

「――『元の持ち主との思い出』ですか？」

呟いた途端、月下さんの瞳が、ギロリと私を射抜くように鋭い眼光を投げかける。

私を取り巻く熱を持った空気が瞬く間に冷えてぞっとする。

でも月下さんの反応は、私の問いに正解だと告げているようなものだった。

上倉家の蔵を棲みかにしている付喪神たちのほとんどが、売られて来たようなもの。不本意なまま蔵にいる物たちも多いだろう。上倉家に不満を持っている付喪神は月下さんだけじゃなくて、私が思っているよりも沢山いるのかもしれない。

「……勘違いするなよ」

　私が顔を上げると同時に、月下さんは二階の窓から飛び降りる。はっと息を呑んだ時にはすでに、冷たい指先が私の喉元に触れていて、ぞわりと不快感が全身に広がる。振り払おうとしたはずなのに、全身が凍り付いたように動かなくなった。

「元の持ち主を殺したのはオレ自身だ。もっとも、もう百年以上昔のこと。オレが殺さずとも、アイツが生きているわけはないがな」

　薄い皮膚の下にある骨の位置を確かめるように、つっと、親指の腹で撫でられる。私なんていつでも殺せるぞという脅迫に、膝がカタカタ震え出す。

「国芳も佐代子もある時期からオレたちのことはいないものとして扱った。だから貴様も、二階のことは放っておけ。二階の住人たちの新しい主になろうだなんて思うな」

　新しい主、だなんて、そんなおこがましいことは考えていない。でも私が望まなくても、付喪神たちにとっては『鍵守は主』という存在になってしまう。

「貴様がオレに命を捧げる気がないのなら、二度と近づくな」

　突き飛ばされたわけでもなく、ただ首から手を離されただけなのに、膝に力が入らなくて勢いよく尻餅（しりもち）をつく。月下さんはそんな私を見下ろして嘲笑（あざわら）った。

「蔵の出入り口は一階の扉と二階の窓だけだ。扉の鍵は貴様が持っているだろうが、二階の窓の鍵は蔵の内側から掛かっている簡単な物だ。残念ながら蔵の鍵の力は二階にまで及んでいない。そいつを忘れるなよ」

これ以上余計なことをしたら殺す、と言っているのが伝わってくる。二階の窓から出入りができるのだとしたら、月下さんの気分次第でいつ殺されてもおかしくはない。

月下さんは軽々と跳躍して二階の窓から中に入り、一瞥もせずにパタリと窓を閉めた。一人取り残された世界は、いつまで経っても暗く沈んでいる。その中で私は、自分に伸し掛かってくるような、巨大な蔵の影をただただ見上げていた。

二

月下さんと話をしてから、数日経っていた。もちろん月下さんには会っていない。しばらく観察していたけれど、蔵の奥の二階に続く階段は薄暗く、誰も近づこうとはしなかった。伝兵衛さんを含めた一階にいる付喪神たちは、二階なんて存在しないかのように話題にも出すことはない。

この間のことを、蘇芳さんに相談すべきだとわかっているけれど、話す気持ちにはなれなかった。月下さんの本質に触れたような気がして、気軽に口にしていいものではないような気がしたから。いや、こんな風に悶々と悩むよりも相談しようと決めた時、ゴロゴロとダルマの清さんが転がってきて、両手でガシッと受け止める。

「うす。今日、宏光殿はいらっしゃらないのですか？　寂しいです」

「宏光くん？　今日はまだ来てないけど……」

「確かに宏光殿の姿を今日は拝見しておりませんね」

「宏光⁉　また果物持ってきてくれたのか⁉」

どこにいたのか飛丸が、突然暗闇から飛んできた。伝兵衛さんも顔を出す。

十分程度の日もあるけれど、宏光くんとはほぼ毎日会っていた。この間はリンゴやぶどう、マンゴーとか果物を沢山持ってきてくれたおかげで、完全に飛丸は宏光くんにメロメロだ。いつもなら部活が終わったお昼過ぎに一度顔を出してくれるけれど、清さんと伝兵衛さんの影が長く伸びていて、もう日が傾き出していることに気付く。

別に宏光くんだって友達との付き合いもあるだろう。毎日会う約束なんてしていないし、私も買い物とかですれ違って会えない時もある。

そう思ったけれど、清さんに言われると何となく落ち着かなくなる。そんな私に対して、ふふふ、と含み笑いが響いた。辺りを見回すと棚の中から手を繋いだ手鏡が二つ、とことこと姿を現して、楽しそうに私を覗き込んだ。

「鍵守様は恋をしているのね。素敵だわ。ね、あなた」

「そうだね。しかもお相手が丹波家のご子息とは、これは最早運命のようなもの」

「ひゃっ……」

最近は大分慣れて来たけれど、新しい付喪神に会う時はやっぱり驚いてしまう。

彼らは手のひらサイズの深い緑の手鏡と、もう一つは桃色の手鏡にそれぞれ手足が生え、鏡の面とは逆の面に目や口がある。

「あの、お会いするのは初めてですよね。貴方たちは手鏡ですか？　しかもペア？」

「その通りですよ鍵守様。手鏡の葵と、妻の撫子です。僕たちは夫婦でございます」

丁寧に手鏡が傾く。お辞儀をしてくれていることに気づき、私も急いで頭を下げる。

「私は上倉結花です。あのまだ見習い鍵守でして……」

「そうですの？　ではこれからは鍵守様ではなく、結花さんとお呼びいたします」

桃色の手鏡の撫子さんが優雅に一礼して、葵さんと頷き合う。

撫子さんはさっきからずっと物腰柔らかで、まるで年上のセレブな女性と話しているような気分になってくる。葵さんも同じ雰囲気を醸し出していて、似た者夫婦ってこういうことを言うんだなと、勝手に納得していた。

「いやはや、葵殿と撫子殿はいつお会いしても仲睦まじくて羨ましいですな」

「うす。儂も伴侶が欲しいです」

意外だった。付喪神でも奥さんが欲しいとか思うのか。

いや、でも葵さんと撫子さんは、自然と周りにそう思わせるほど仲が良さそうだ。

さっきからずっと手を繋いでいるし、二人を取り巻く雰囲気は何よりも多幸感に満ちている。さすがペアで作られた物。でもそんな物が、どうして蔵にあるのかと考えると、暗い理由でしかなさそうだから二人が話すまでは聞かないことにしよう。

「伴侶、というものはとても素晴らしいものです。結花さんが早く丹波家のご子息様と結ばれて、僕らを使っていただけたらこの上ない幸福ですね」

至って真面目（まじめ）な顔で言った葵さんに、どう返せばいいのか困惑する。

「別に私と宏光くんはそういう関係では……」

「そんな恥ずかしがらずに。三日にあげず通って来てくださる殿方（とのがた）が、何とも思っていないわけがないではないですか」

そ、そうなの？　ほわんと宏光くんの顔を思い出したけれど、どうにも宏光くんが私を好きだとかそういう風には結びつかない。たとえ頻繁（ひんぱん）に会いに来てくれていたとしても、もっと違う理由だろう。

「い、いやいやいや。別に私に対してそういう感情があるわけでは……」

「そうですか？　もし宏光さんがそう思っていたとしても、結花さんはどうです？　宏光さんのこと、お好きではなくって？」

「す、好き!?　も、もちろん、友達ですから好きですけど……」

「そういうわけではなく、異性として好いているのですか？」

異性!?　途端に、ぼっと火が付くように頬が熱を持った。それを見た付喪神たちは堪え切れないように、にやにやと口許を緩めた。

「違います！　これはちょっとそういうことに免疫がなくて、驚いたっていうか……」

何を言っても、言い訳にしか聞こえないだろうということは、自分が一番わかっていた。でも本当に恋だとかそういう甘い事柄に対して、自分はまるで免疫がない。

「結花も宏光が好きだろ？　な？」

飛丸にまで茶化されて困り果てた時、ぽんと頭に大きな手が置かれる。顔を上げると蘇芳さんが呆れ顔で、私を見下ろしていた。

「──そこまで。この子が困っているよ。それに僕は、結花と宏光の交際は断じて認めないけどねえ」

まさかの蘇芳さんの反対に、目を丸くする。付喪神たちも同じ顔をしていた。

「あら、蘇芳様。好き合っている二人を止めることなどできませんわよ？」

「できるかできないかは、葵も撫子もよくわかっていると思っていたけど？　上倉家と丹波家が主従関係である以上、認められることはないよ」

「主従関係だなんて時代遅れですし、そんなこと思ったこともないですよ」

　蘇芳さんに言い返すと、なぜか笑顔を向けられて、何も言えなくなる。

「丹波家は古（いにしえ）の時代から上倉家の筆頭家臣だよ。上倉家が大庄屋になった頃から『補佐役』なんて安易な言葉に変わったけど、やっていることは代々変わらないね」

「わかっています。宏光くんの優しさが丹波家の立場から生まれるものだって言いたいんですよね？　私は誤解なんてしていません」

　ムッとしながら言い返すと、私の些細な怒りを感じ取ったのか、蘇芳さんは取り繕うように私の頭を撫でる。

「ならいいよ。君は良き家から、良き婿を貰うことだね。国芳のように」

　蘇芳さんが上倉家を、この蔵を存続させるような人を選べと言っていることは、よくわかった。公民館で私と宏光くんはどちらも跡取りだから結ばれることはないと面白そうに言っていた人たちを思い出す。私と宏光くんの間に流れたいたたまれない沈黙は、今も私の心に小さな棘（とげ）を残している。

「宏光くんもそう思っていますよ。『丹波家としての使命』を大事にしている人ですし」

絞り出すように呟いた自分の声が、少し震えている。そうでなければ、私と友達になってくれなかっただろうし、私を補佐する宿命だなんて言うはずがない。

しばらくしたら日が落ちて夜が来た。結局宏光くんは会いに来てくれなかった。

三

次の日も宏光くんは姿を見せることなく一日が終わり、翌朝、消化不良のもやもやしたものを抱えたまま目が覚めた。

見捨てられた？

そんな言葉が頭をよぎって、急に寄る辺を失った小舟のように、自分の芯がぐらぐら揺れて心細くなる。どうしよう、今から会いに行ってみようかな。

意を決して家を出ようとした時、庭からくすくす笑う声が響いてきた。驚いて顔を向けると、背丈ほどある草をかき分けて顔を出した環ちゃんと目が合う。

「た、環ちゃん⁉」

「たーまーき、だって言ったでしょ？　あんたいい加減呼び慣れてよ」

呆れた声で私を咎めながら、サンダルを適当に脱ぎ捨てて環は家に上がってきた。

環ちゃん、ではなく、環。お兄さんの結婚式から一週間くらい経って、何度か環も遊びに来てくれていたけれど、どうにも癖で『ちゃん』付けしてしまう。

「それよりどうしたの？　すっごく思いつめた顔をしてたから、つい笑っちゃった。でもどうせ宏光のことでしょ。あいつも今大変だしねえ。心配なのもわかるけど、結花は関わらずに静かにしてたほうがいいって」

「え？　大変って何？」

一体何のことかと思って尋ね返した私に、環が目を丸くして首を傾げる。

「……もしかして、あんた丹波の婆様が帰ってきたの、知らないの？」

衝撃的な言葉に、頭の中がフリーズする。

「丹波の婆様って、ヨーロッパ一周旅行に行っているって……」

「そ、宏光のおばあさんの丹波曜子サマ。町の人は皆、曜子サマを『丹波の婆様』って呼んでるよ。結花が神蔵町に来る少し前からヨーロッパに行っていたけど、一昨日の早朝に無事戻って来たって」

「全然知らなかった……。お父さんも何も言わなかったし……」

「治さんのことだから言い忘れたんでしょ。とにかく今、すごいことになってるよ」

それがとびきり面白いことなんだと、環のにやにや歪んだ目が物語っている。

「すごいことって……」

「決まってるじゃない。宏光が結花の補佐をするって婆様に直談判したみたいよ」

「え……、ええっっっ!?」

今まで出したこともないほど大きな声で叫んでしまった。でもそんなの構っていられずに環に詰め寄る。

「直談判ってどういうこと？　曜子さんは上倉家と絶縁してるって聞いたけど、補佐するなんて言って、宏光くんは大丈夫なの？」

「全然大丈夫じゃないね。婆様はカンカンに怒って、一昨日からずっと宏光と大喧嘩しているらしいよ」

そんな。体から力が抜けて、へたりと座り込む。顔を見せてくれなかった理由はわかったけれど、まさか私のために喧嘩をしてくれていたなんて。

「丹波の婆様がしばらく留守にして、やっと帰ってきたって聞けば、近所の人は挨拶に行くわけ。でも会えなくて、代わりに宏光と婆様が言い合っているのが聞こえちゃったらしいよ。それで一気に噂が広まったんだよね。あたしもお母さんから聞いたし」

この町では隠し事なんて一切できなさそうだ。やっぱりここは東京とは違う。だけど今はそんな風に気を重くしている場合ではない。

「私……、曜子さんにお目にかかりたい」

面と向かって会うのは怖いし本当は嫌だけど、私が原因で宏光くんばかり怒られるなんて耐えられない。

「やめておきなよ。結花が今行ったら、火に油を注ぐようなものだって。それに男は宏光だけじゃないよ。結花は知らないだろうけど、町の男たちは皆、上倉家のお嬢様に選ばれたら玉の輿だって超浮かれてるんだから。丹波家なんて面倒すぎるから、何のしがらみもない男にしたらいいと思うけどなあ」

「……同じようなこと、別の人にも言われた」

蘇芳さんに釘を刺されたのを思い出す。

「丹波家に嫁いだら、町のことまで考えないとならないから、あいつこそ嫁の来手がないんじゃない？　あたし絶対パス。しかも宏光みたいなヤツ、タイプじゃないし。あたしはお兄ちゃんみたいに極甘で、あたしに逆らわない人を見つけるんだから！」

自分を助けるために二階から一緒に落ちてくれるような人なんて、砂漠で金を見つけるようなことだろうけど、環なら見つけてしまいそうだ。

それにしても、どうして曜子さんは上倉家を目の敵にしているのだろうか。

上倉家と丹波家の『絶縁』の理由が、関わってきているのは確かだろうけれど。

「ねえ、環はどうして上倉家と丹波家が絶縁しているか知ってる？」

「実は知らないんだよねえ。小さい頃からただ絶縁状態だって聞かされて育っただけだし。しかも絶縁したのって国芳さんと丹波の婆様が二十歳くらいの若い時だから、そんな昔のこと、正確には伝わってないでしょ。大喧嘩の理由は治さんに聞いたら？」

「そうする……」

環の言う通り、お父さんにまず聞いてみよう。

宏光くんは大丈夫だろうか。私が原因で曜子さんと喧嘩だなんて。

今まで家族以外の誰かが自分のために戦ってくれることなんて、一度もなかった。むしろいつも言葉や態度の暴力で、殴られ続けてきたようなものだった。

ここに来て宏光くんと出会って、ずっと守ってもらってばかりだ。

宏光くんは私のために心配してくれたり、怒ってくれたり、導いてくれたり、一緒に笑ってくれたりした。自分のために何かをしてもらえることが、どれほどの感謝と喜びで満ちているか、ずっと忘れていたけれど、ここに来て思い出すことができた。

たとえそれが補佐役としての役目だとしても、宏光くんが私を守ってくれるのなら、私も宏光くんを守りたい。

今までにない強い感情が、いつの間にか自分の中に芽生えて成長していた。

「——丹波家との絶縁の理由？」

「うん、お父さんなら知ってるかなと思って」

お父さんは考えているのか、お隣のおじいさんがくれた夏野菜が沢山入ったカレーをスプーンでしばらくかき混ぜていた。

「うーん。ごめん。父さんも知らないんだ。僕が生まれる結構前のことだし、おじいちゃんは絶縁の理由を話そうとしなかったしね。ただ曜子さんが本当に怒髪天を衝くくらい怒って、うちとは一切関わりを持ちたくないって言ったみたいだけど」

「上倉家から絶縁したんじゃなくて、丹波家からってこと？」

お父さんはぱくりと大きなかぼちゃを一口で食べたせいで、しばらくもそもそ口を動かして話そうとしない。わざと時間を稼いで言い訳を考えているのか、ただ純粋に口を開けないのかわからない。ようやく飲み込んだお父さんが私に向き直る。

「体裁があるから町の人たちには上倉家が丹波家を絶縁したってことにしてあるみたいだけど、本当はそうらしいよ。昔は体裁だとか体面だとか、どうでもいいことを大事にしてたみたいだからね」

「そうなんだ……」

肩を落としてスプーンを口に運ぶのをやめた私に、お父さんは一つ咳払いをする。

あまりのわざとらしさに顔を上げると、お父さんの頬がなぜか赤く染まっていた。

「結花。僕は結花には心から幸せになってもらいたいと思っているよ」

「……うん？　ありがとう？」

突然どうしたのか、と首を傾げると、お父さんは意を決したように頭を下げる。

「ごめんな結花！　結花に兄弟がいれば、いろいろと悩まないで宏光くんと交際できたものを……。この家のことは、結花が気にする必要はないからね！　結花が丹波家に嫁いで上倉家が断絶しても、ご先祖様はわかって下さるし、町の人も丹波家なら文句は言わないよ。僕は結花が東京から一緒に来てくれただけで十分幸せ……」

「は⁉」

青天(せいてん)の霹靂(へきれき)さながらに、突然雷に打たれたような衝撃を受ける。そうしてすぐに猛烈な恥ずかしさが私に襲い掛かった。

「違う違う違うっっ。誤解しないでよっ。宏光くんとは純粋にお友達だから！」

思わずお父さんの肩を摑んでがくがくと前後に揺らす。

「あ、れ？　そうなの？　町の皆は結花と宏光くんが恋仲だから、宏光くんが関係を認めてもらうために曜子さんに掛け合って、喧嘩してるって聞いたけど……。だから何となく父さんからこの話をし辛くて……」

「完全に誤解！　上倉家を補佐するって言ってくれたの！　それだけだよっっ」

まさかお父さんまで私と宏光くんの恋人説を信じていたなんて……。恥ずかしさと驚嘆に、衝動的に全力疾走（しっそう）したい。あまりの衝撃でこれ以上話題を掘り下げることもできなくなる。結局絶縁の理由を探ることはできないまま夜が更けてしまった。

四

「あら、また憂い顔」

柔らかい声音で私を覗き込んだのは、ペアの手鏡の撫子さんだった。もちろん撫子さんと手を繋いで、葵さんが隣に佇んでいた。昼下がりの蔵の中は、真夏なのに涼しく過ごしやすい。だからここ数日ずっと昼間は蔵にいる。ううん、本当は単純に一人になりたくないからかもしれない。

「そうなのですよ。結花殿、ずっとこんな思いつめた顔で……」

傍にいた伝兵衛さんが心配そうに私を覗き込む。すると葵さんが口を開いた。

「この間よりも意気消沈されているようにお見受けいたしますよ。そんな顔をして、あなたは一体何を恐れているのです」

葵さんは笑みを崩さない。私は笑顔を作る余裕もなく、心臓に棘が刺さったように痛んだのを堪えて俯く。

その恐れが何なのかというのは、単純明快。宏光くんともう会えないのかもしれないという最悪の結末が、ここ数日頭の中を占めている。曜子さんに大反対され、もう会うなと言われて宏光くんが了承する――。時間が経つにつれ、そういう未来が濃厚になってきているのを感じて、怖くて堪らなくなっていた。

何度か宏光くんに会いに行こうとしたけれど、丹波家に着く前に近所の人に絶対に行ってはいけないと止められるし、電話をしてみても、アキさんは今曜子さんが激昂しているからと、また今度ね、と言って取り次いでもらえない。アキさんまでそうだから、恐らく無理やり訪ねたとしても、会わせてもらえないだろう。

でも、簡単に諦めてしまいたくない。そう思うのに手段がなくて塞ぎ込んでいる。

葵さんと撫子さんから逃れるように俯くと、撫子さんが私を窺うように覗き込んだ。

「あの、結花さん。そんな顔をしていたらさらに落ち込みますよ。ほら笑顔になって」

「いい案です！　結花殿、笑顔笑顔！」

伝兵衛さんからも言われて無理やり笑顔を作ろうとしたけれど、どうしても泣き顔になってしまう。笑顔の作り方を忘れたみたいに、ただ頬が引き攣るだけ。

「ほら、わたくしをお使いになって」

「え？　えっと……、いいんですか？」

戸惑ったけれど、せっかくの申し出を断ることもできずに、撫子さんをそっと手に取って鏡の部分を覗き込む。すると古い鏡のせいか曇ってしまって自分の姿もぐにゃりと曲がって見えた。

「わ、すごい酷い顔だあ……」

そこに映る自分の顔が滑稽で思わず笑ったら、内側から強張ったものが解けて、ほっと肩から背中にかけて力が抜け、自然と猫背になる。

「よかった。ようやく笑って下さいましたね。結花さんの悲しみもよくわかります。わたくしも葵さんがいなくなったら、どうしたらいいかわかりませんもの」

撫子さんは自分が鏡としての機能を欠いていることを知りつつ、私を笑顔にさせるためにわざと使えと言ってくれたのかな。さり気ない気遣いが、心にじんと染み渡る。

「いなくなったら、なんて考えるんですか？」

「もちろん。上倉家の蔵にいる分には安泰ですが、わたくしたちは壊れやすい物です。

いつどんな不幸があって、どちらかが欠けるかわかりませんから」

確かに撫子さんや葵さんは鏡だから割れやすい。壊れたら死ぬのだろうか。

布団の時にも思ったけれど、付喪神にとって、死ぬってどういうことなのか。

「特に僕らは、生まれた時から常に一緒ですからね。一つでは意味を成さない物です。どちらかが消えれば、我々の存在意義は消え失せます」

『ペア』であること。二つ揃って初めて完成する物。そう考えると、この二人の喪失への恐怖は私なんかよりもずっと比べ物にならないかもしれない。

すると唐突に、伝兵衛さんが膝を抱えて座っていた私のふくらはぎをぺちぺちと叩く。伝兵衛さんは蔵の入り口のほうを指さしていて、振り返ると黒い影が蔵の中にまで伸びていた。

「――蔵は涼しいな」

突然誰かが蔵に入って来る。それはまだここに来るはずがないと思っていた人。

その姿を見た瞬間、私の中でずっと降り続いていた雨が一気に止んで、晴れ渡るみたいに世界が輝き出す。夢を見ているのだろうか。でも幻ではなく、確かにいる。

「……宏光くん」

名前を呼ぶと、さらに現実味が増した。心臓が大きく跳ね上がって痛い。

「嘘、宏光くん？　本物？」

「本物だよ。数日会ってなかっただけで、何年も会ってないように感じるな」

微笑む宏光くんを見た途端、堪えられない嬉しさが溢れ出す。会えないかもしれないと思っていたせいもあり、そこにいる事実だけで、私の涙腺が決壊する。

「お、おい⁉　何で泣く⁉」

「だって……」

嬉しくて、と言いたかったのに言葉にならない。宏光くんの言う通り、何年も会ってなかったみたいだ。自分の中にあった不安が涙に溶けて、零(こぼ)れ落ちていく。

「おい、泣くなよ……」

そっと宏光くんの手が私の頬に触れる、その寸前——。

「いっ痛ってえええっ！」

ゴスッという鈍い音と、宏光くんの叫び声。驚いて顔を上げると、蘇芳さんが怒りの形相で仁王立ちしていた。その手には清さん。もしかして……。

「不埒(ふらち)な輩は成敗するからね！　僕の愛しい鍵守に指一本触れないでくれる⁉」

「清で殴るな！　痛ってえ！　それにまだ触ってねえよ！」

「あ、鍵……」

清さんが宏光くんに会いたがっていたことを思い出し、私は宏光くんに鍵を渡そうとしたけれど、それより先に、宏光くんは傍にいた葵さんを摑んで覗き込む。

「痛って……。ん？　何だよこれ、銅鏡か」

「だ、大丈夫？　ちょっと待ってよく見せて……」

慌てて涙目のまま顔を近づけると、宏光くんの額が赤くなっている。

もっと覗き込もうとして、宏光くんの腕に触れた時、腕の硬さを感じた。女の子の柔らかい腕じゃない。これは男の人の――。

「わっ、ご、ごめんっっ！　母屋に塗り薬があるよ！」

驚いて宏光くんから離れようとした時、蘇芳さんが強引に私を引き寄せた。

「ちょっとちょっと、結花も慌てすぎぃー」

「そ、そんなことないですって！　とにかく蘇芳さんは清さんで殴っちゃ駄目です！」

心臓がバクバク鳴って、頭の中が混乱する。何だかもうパニックだった。

「本当だよ。清で殴るなよ。清が壊れたらどうするんだ。――ん？」

宏光くんが持っていた葵さんを撫子さんの傍に置こうとした時、蔵の小窓から入った光が葵さんにキラリと反射する。

「これ魔鏡だ」

「え？　魔鏡？」

「一見すると普通の鏡なんだけど、本当は目に見えないくらいの小さな窪みが入っていて、光を反射させると形や文字が浮かび上がるってヤツ。江戸時代の隠れキリシタンとかが持ってた鏡だな。俺の家にも一個あって、ガキの頃よく遊んだ」

宏光くんが葵さんに光を当て、徐々に角度を付けていくと、ある模様が床にくっきりと浮かび上がった。

「あ……大きな葉っぱが二枚」

「こっちもなのか？」

宏光くんは撫子さんにも同じように光を当てると、お花の模様が浮かび上がる。それを蘇芳さんが興味深げに覗き込んだ。

「これは葵の葉と撫子の花の模様だね。この鏡の名前も葵と撫子だよ。魔鏡だとは僕も知らなかった。ただの手鏡だと思っていたよ」

「ってことはこれが名前の由来になったのか。蘇芳も知らないって……」

宏光くんが呟いた時、葵さんが手足を生やして私を見た。何か言いたいことがあるのを感じて、渡し損ねていた蔵の鍵を宏光くんに手渡す。

「初めまして、葵と申します。貴方が丹波家のご子息様ですか？」

「ああ、俺は丹波宏光。よろしくな」

小さな手を取り合って、葵さんと撫子さんは頷き合う。そうして二人はじっくりと私たちの顔を眺め、感慨深そうに目を細める。

「まさか上倉家と丹波家の方々に、我々が使われる日が来るとは夢にも思いませんでした。悲願を遂げた、と万感胸に迫る思いでございます」

悲願？　一体何のことなのかと宏光くんと顔を見合わせた時、撫子さんが口を開く。

「宏光さん、わたくしは撫子です。おっしゃる通り、わたくしたちは魔鏡です。あなたがわたくしたちの秘密に気づいて下さって、運命を感じます」

「葵と撫子って何か意味があるのか？」

「——はい。葵も撫子も、恋の植物として人間に愛でられているそうですわ」

恋と聞いて、思わず隣にいる宏光くんを意識してしまって、落ち着かなくなる。

「ええ。葵の葉は太陽を追いかけるように傾くそうです。いつも君を追いかけている、そういう意味でしょう」

「撫子は、撫でいつくしむ子供のように可愛い花、という語源だそうですよ。だから、君に惹かれて堪らない、もっと傍にいたい、馴れ親しみたいという意味ですわ」

その花に秘められた、あまりに情熱的な意味に、顔が熱くなるのを感じる。

「僕たちはある恋人たちの愛の証として、色も形も、そして浮かび上がる柄も、二人で決めて作られた特注品です。男性は女性に対して撫子の柄を選び、女性は男性に対して葵の柄を選んだ。ただの鏡ではなくあえて魔鏡にしたのも二人の愛の深さを物語っていると僕は思います」

あまりにロマンチックで、羨ましいほど素敵な恋物語だ。

「誰の物か知らねえが、すごいな。大事にされてきたんだろうな」

満面の笑みを二人に向けた宏光くんに、ぎゅっと唇を噛みしめる。胸がひりひり痛むのは、花の意味を知ってしまって、気恥ずかしかったからだろう。

葵さんと撫子さんが何も言わずに寄り添っている。さっきよりもずっと胸が高鳴っている事実から、目を逸らさずにいようと思った。それはきっと、どこかで宏光くんの存在が自分の中で大きくなり出していることに、気づいていたから。

五

「ごめんね、宏光くん」

カナカナカナとヒグラシの声が、庭の木々の繁みから響く。私と宏光くんは傷の手当てのために母屋にいた。夕方になり、虫の声が思ったよりも煩くて、私の声が掻き消されてしまったんじゃないかと心配になって顔を上げると、宏光くんが私を見ていた。

「どうして謝るんだよ」

「だって私のせいで曜子さんと喧嘩してるって……。本当なの？　補佐のこと、曜子さんに直談判したって……」

「そりゃあするよ。どうせ町中、俺とお前のことで噂になっているんだぜ？　黙っていてもすぐにバレるだろうから、先手を打って言った。俺は上倉を補佐するって」

宏光くんは涼しい顔をして、私から目を離して庭を見る。

「まあ、激怒だよな。自分の部屋に閉じ込められて、一日中説教がここ一週間くらい続いてる。ばあちゃんが席を外した隙に無理やり脱出して来たけど」

さあっと血の気が引く。考えられないほどの修羅場だ。

「気にするなよ。ばあちゃんがこういう反応することは、俺が一番よくわかってた。父さんは元々治さんと仲がいいから、昔ばあちゃんに同じように怒られたって、聞いてたからな。それに母さんは上倉との絶縁を解消するのはいいことだと思ってるみたいだから、もっとやりなさいって応援しているくらいだ」

宏光くんが、黙り込んだ私を励ましてくれていることが伝わってきて、少し口許が緩む。そうしたら、強張った気持ちも同じように緩んだ。

「何もできなくて、ごめんね。私いつも宏光くんに頼りきりで、もう二度と会えなかったらどうしようって勝手に怖くなって、落ち込むことしかできなかった」

自分がふがいなくて、ひたすら自己嫌悪に苛まれる。

「二度と会えないなんて、そんなはずはねえよ。小さい町だしな」

「そうじゃなくて、曜子さんに私と会うのをやめろって言われ続けたら、宏光くんは丹波家を大事にしてるから、家のためにそんな決断だってするかもしれないって……。ごめん、自分勝手に不安になってた」

本当に自分勝手。宏光くんのこと、信じていないって言っているのと同じだ。

ううん、信じているからこそ、失いたくなくて不安になるんだ。

「そんなこと考えなくていい。たとえばあちゃんが許さなくても、俺はお前を補佐するって決めたんだ。誰に反対されようが、自分で決めたことには素直でいたい」

強い人。

宏光くんが眩しい。私にも宏光くんのような強さが欲しい。

私も、守りたいものは自分で守る、って言える人になりたい。

「……私、曜子さんに会いたい」

唐突に言った私に、宏光くんは見たこともないほど、目を丸くした。

「やめておけ。本気でばあちゃんはお前を殺しかねないぞ。とにかく上倉を憎んでる」

「でも会いたい。宏光くんが戦っているのに、私だけ蚊帳の外なんて、嫌だよ。戦力にならないと思うけど、一緒に立ち向かいたい」

そう思うのはきっと……。

「――私にとって宏光くんは、大事な人だから誰にも譲れない」

「えっ……」

宏光くんは驚いた顔をして私を見ていたけれど、しばらくして急にふっと微笑む。どうして笑ったんだろう。本気だと思われなかったのだろうか。そんな不安を掻き消すように、宏光くんはなぜか満足そうに頷いた。

「わかった。だけど少し待て。俺は、ばあちゃんから許されるには、調べないとならないことがあると思っている。たとえば上倉家と丹波家の絶縁の理由とかな」

「宏光くんも知らないの？」

「ああ。単純に国芳さんとばあちゃんが大喧嘩して絶縁したって聞かされて育った。昔疑問に思って調べてみようと思った時があったけど、誰に聞いてみても、大喧嘩してとしか言わねえんだよ。ばあちゃんは頑として教えてくれないし」

「私もお父さんに聞いてみたけど、知らないって。お父さんが生まれる前にはすでに絶縁していたらしいから。でも絶縁は上倉家からじゃなくて丹波家からだって」

「丹波から？　全然知らなかった。初耳だ」

お父さんに聞いた話を宏光くんにすると、考え込むように沈黙する。

「なるほどな。やっぱり裏があるな」

「うん。でももう六十年近く前のことだから、真実は曜子さんしか知らないかも」

「いや、俺はばあちゃん以外にも知っているヤツがいると思う」

首を傾げると、宏光くんは縁側から蔵を見る。その視線の動きでわかってしまった。

六

「ふふっ。そういう次第で僕に聞きに来たんだねえ」

蘇芳さんが母屋で話したいと言ったから、母屋の一室に戻って来ていた。場所を蔵以外にしたことがすでに何かあると言っているみたいで緊張する。三人で話をし始めた頃にはすでに夕暮れが差し迫って、部屋の中が赤く染まり出していた。

「俺たちは上倉家と丹波家の絶縁の理由を知りたいんだよ。教えてくれ」

「そうだねえ。僕としては話してあげてもいいけれど、まずは忠告させて」

「え？」

「――首を突っ込まないほうがいいことって沢山あるんだよ」

ずいっと私に顔を近づけて囁かれ、思わず息を呑む。平衡感覚を一瞬で奪うほどの妖艶（ようえん）な笑顔。だけど言葉はゾッとするほど冷たくて、恐怖を覚える。頭の奥が痺れたように麻痺（まひ）し、蘇芳さんの言葉が警告だとわかるのに、少し時間が掛かった。

「そうだとしても、俺たちは無関係ではいられねえよ。話せ」

宏光くんが蘇芳さんを私から引き離してくれて、ようやく息が吸える。

「僕は結花には傷ついてほしくないんだよね。移ろいやすいものというのは、君が一番恐れていることだろう？　君を傷つけたくないと思うと話したくないね」

「真実を聞いたら、私が傷つくんですか？」

「多分ね。上倉家と丹波家だけじゃなく、付喪神の内情にもかなり踏み込む話題だし、楽しい話じゃないよ。君はどうやら人よりも弱い人間だから」

腿の上に置いていた拳を、ぐっと強く握る。『人よりも弱い人間』という言葉が胸にナイフのように突き刺さり、息を止めるような強烈な痛みが全身を駆け巡る。でも蘇芳さんの言っていることは正しくて、何も言い返せずに沈黙が重苦しく部屋に広がった。何か言わないと、と惑っている内に、蘇芳さんが勢いよく立ち上がった。

「やっぱりやめよう。僕は国芳と佐代子に忠誠を誓った身だ。もう亡き者だとしても、変わらないよ。結花が正式な鍵守だとしたら話は別だけど、まだ見習いだしね。国芳は決して他言しなかったから、僕が勝手に話していいものではないと思うんだよね」

「えっ、ちょっと、蘇芳さんっ」

「それに僕にも真実がどれかわからないことがある。——ごめん。おやすみ」

あとには二人ぽつんと取り残されてしまった。怒涛のような展開に呆然としていると、はあ、と大きな溜息を吐いて宏光くんが頭を抱えた。

「……お前は何に怯えているんだよ」

急に宏光くんの声音が下がる。え？　と尋ね返したはずなのに、声にならないまま、笑顔が頬にこびりつくように張り付いて、筋がねじれたようにぴりぴり痛む。

「移ろいやすいものが怖いって何なんだよ。お前が時折何かに怯えているのは俺もわかってる。前から思っていたけど、東京でお前に何があったんだよ」

《——結花に友達なんて、いるの？》

ぐらりと、自分の体の芯が揺らぐ。途端に、東京の記憶が猛烈な勢いで私に伸し掛かって来た。あの子たちの嘲笑と蔑むような視線が鮮明に蘇ってくる。あまりの衝撃に畳の上に手をつき崩れると、私の長い髪が宏光くんから顔を隠すように影を作った。そんな些細な隔たりが、私に安堵を与えてくれる。

東京にいた時もそうだった。休み時間の間ずっと俯いて髪で顔を隠して、なるべく息を殺して自分がここにいることすら消そうとした。なんだ。結局同じだ。私またこうやって距離を取ろうとしている。あれだけリセットしたいって思ってここに来たのに。私、全然変わっていない。

ギリッと畳に爪を立てる。もうこのまま消えてしまいたいと願った時、そっと宏光くんの指先が、顔を隠す私の髪を払いのけた。夕焼けに染まった世界が一面に広がって、ぽろりと私の目尻から涙が零れ落ちる。

宏光くんはそれを目で追っただけで、何も言わない。

辛いことも悲しいことも、本当はもっと宏光くんに打ち明けてしまいたい。でも恥ずかしいし、否定されたらと思うと言葉が出てこなくなる。

宏光くんの視線が、私の頰を滑る涙を追った後、私の目を捕らえて、じっと見つめられた。春の日の穏やかな海のような瞳が、ささくれ立ってひりひりしていた感情を、包み込んで落ち着かせてくれる。

そうやって見つめられていると、どんな私でも、宏光くんは全部受け止めてくれそうだなんて思う。見つめられて緊張するのではなく安心するなんて、私、おかしい。

でもこの絶対的な安心感は、宏光くんにしか感じない。

心臓が、息を吹き返すように強く鳴った。一気に熱が全身を駆け巡る。

宏光くんになら、全部打ち明けられる——。

「私……、物心ついた頃からお母さんがずっと入退院を繰り返していて、今日でお母さんが死んじゃうかもしれないって毎日のように怯えていたの。だから中学二年の秋にお母さんが亡くなるまでずっと、学校が終わったら友達とも遊ばずにすぐにお母さんの病院に行っていたの」

宏光くんは頷くだけで肯定も否定もしない。それが私に冷静さを取り戻させる。

「そうなると誰かと仲良くなっても放課後は一緒に遊べないし、誘われても何度も断っていたから、その子たちも嫌になったんだと思う。次第に友人関係は表面上のことだけになって、しばらくしたら皆離れていっちゃった。友達だと思っていた子に、私とは友達じゃない、かわいそうだから一緒にいるだけって言われた時、じゃあ何が友達なのかよくわからなくなっちゃって、全部臆病(おくびょう)になった」

《結花は、忙しいもんね》《あたしはあの子と遊ぶから大丈夫》《うじうじするなよ》

《──無視しよっか》

引き留めることもできなかった。これ以上嫌われるのが怖くて、何もできなかった。

「ある日突然始まったの。表面上は一緒にいても、実際は中で仲間はずれにずっとされてた。外から見たら仲良く見えていたのか、初めは誰にも気づかれなかった。でもどんどんエスカレートしていって、目に見える形で嫌がらせされて……。初めは三人だったのに、徐々にクラス全体に広がって、関係ない人たちからも無視されたり嫌がらせをされたの。もう私の居場所なんてどこにもなかった」

だから息を殺して、存在を消して生活した。自分はここにはいないものだと言い聞かせて一日を過ごし、放課後はお母さんの元へ逃げ帰った。

「中学二年の秋に、ぎくしゃくしていた友達たちから、突然遊びに行こうって久しぶりに誘われて、すっごく嬉しくて放課後出かけたの。もしかしたら関係が修復できるかもしれないって信じて。遅くなるってわかっていたのに、今日くらいいいかなって……。でも結局またいじめられただけだった。しかもその日にお母さんの容態が急変して、結局間に合わないまま、お母さんの死に目に会えなかった……」

断ればよかったのに、どうしてあの日……。そんな後悔は今も襲ってくる。ずっとお母さんの傍にいたのに、一番肝心な時に傍にいられなかった。

「お母さんが苦しんだのか、眠るように逝けたのかも知らない。私に伝えたいことがあったのかもしれないのに、最後の最後で何もできなかった」

寝ても覚めてもずっと懺悔が頭の片隅に存在している。

「それからぽっかりと心に穴が開いたようになって、全部無気力で、嫌がらせされてももうどうでもよかった。辛いとも痛いとも感じないまま、自分の殻に閉じこもって、皆とは硝子一枚隔てたような世界にいるみたいだった……」

生きている実感がない毎日が、お母さんが亡くなってから約二年。

東京という町には人が沢山いたけれど、誰も私を気にすることはなかった。まるで道端の小石のように、たまに面白おかしく不特定の誰かに蹴飛ばされるだけ。

なのにここでは些細なことでも注目してくれて、騒ぎ立てられる。正直、夢の中にいるようで心地よかった。私は確かにここに存在しているんだと実感したから。

「私にはお母さんしかいなかったのに、何もできずに失って……。自分の半分を無理やり奪われるような痛みは、もう嫌。生き方を変えるほどの苦しみは、二度と味わいたくない。――それなら孤独のほうがいい」

臆病者。自分で自分を何度も罵った。何度も一からやり直したいと願った。

でもどこに行っても、同じように悩む。今も宏光くんを失うことになったらと、怯えて悩んでいる。

私は、孤独よりも、喪失のほうが怖い。揺らいで消えるものが怖い。

「人間は、移ろいやすいものだから怖い。死ななくても、突然の心変わりで私の前から消えるでしょう？　だったら孤独のほうがずっといい」

「——本当にお前はそう思っているのか？」

問われて、ぐっと唇を噛みしめる。言葉が出て来なくて黙った私に、宏光くんはそっと手を伸ばす。そして私の頭をくしゃりと撫でた。

「……前にお前は俺に、『傷ついているなら、擦ってあげたい。悲しいなら、傍にいたい』って言っただろ？　お前が辛い思いをした時、誰かにそうしてほしかったから、同じように傷ついている付喪神に対してそう思えるんだろうな」

躊躇いながらも頷くと、そっとその指先が私の髪を滑っていく。

「でも本当に孤独を望んでいるヤツなら、そんなこと言わない。それにお前は俺のことを譲れないって言ったな。本当は孤独なんて望んでねえよ。お前は付喪神だけじゃなく、人間にも関わっていきたいんだろう？　それか東京では孤独のほうがいいと思っていたのかもしれないけど、ここに来てお前自身が変わったんじゃねえの？」

ハッと目が覚めるような衝撃が私を襲う。もしそうだとしたら、自分で自分を褒めたいほどの変化。不意に視界がぼやけ出して、鼻の奥がつんと痛くなる。

「……それに俺は、お前に対してそうしてやりたい。お前が傷ついているなら擦ってあげたいし、悲しいなら傍にいてやりたい」

「え……」

「俺はお前を補佐していくって決めたんだ。俺はお前から離れることはない。移ろうこともない。だから、もっと俺に頼れよ。孤独のほうがいいなんてもう言うな」

私を包み込むように落ちた言葉に、ボロボロと涙が頬を伝って落ちる。

宏光くんは私の髪を梳くように優しく撫でるだけで、それ以上触れることはない。でもそこから伝わる熱が、私の胸に火を灯す。

小さな炎がじりじりと燻って、長い時間を掛けて心が焼き尽くされそう。

この感情は一体何なのか。

今の私には傍にいてくれる人がいるんだと思ったら、幸せで堪らないはずなのに、なぜか『補佐』の一言が、棘のように心に引っ掛かって離れなかった。

七

「落ち着いたか？」

こくりと頷くと、宏光くんは安心したように胸を撫で下ろした。

ああ、今日は何度も泣いてしまって恥ずかしい。情けないところを見せてしまったと一人で悶絶するも、宏光くんは悔しいくらいいつも通りだ。

はあ、と胸のつかえを取るために息を深く吐いたその時――。

「宏光っっ」

と、庭から聞いたこともないような金切り声が響き渡った。あまりに突然で、驚いて体が小さく跳ね上がる。庭には顔を真っ赤にし、目を吊り上げ、肩をいからせた一人の小柄な女性が、私たちを見て般若の形相で立っていた。

「――もう放っておけよ。ばあちゃん」

宏光くんが溜息を吐きながら、疲れたように庭に降りる。あまりの気迫に委縮していたけれど、ようやく宏光くんの祖母にあたる、丹波曜子さんだと気づく。八十歳近いと聞いていたけれど、まだ六十歳ほどの背筋のしゃんとした女性にしか見えない。

想像していたよりもずっと怖くて、体が石のように固まる。

「上倉家とは絶縁だとあれほど言っただろう！　なぜここにいる！」

「勝手に絶縁してるのは、ばあちゃんだけだ。そんなに嫌っているなら上倉家には来ないと思ったからここに来たんだよ。もう俺は俺のやりたいようにやる。この町も、俺自身のことも、ばあちゃんの言いなりになんてならねえよ」

二人の睨み合う視線から火花が散りそうなほどの険悪な雰囲気に、恐怖よりも居ても立ってもいられなくなって、縁側から庭に、転がるように駆け下りた。

「あ、あの、すみません。私、上倉結花と申します！　ご挨拶が遅くなり、大変失礼しました！」

深々と頭を下げると、曜子さんの拳がわなわなと震えているのが目に入った。

「上倉家の者が軽々しく頭なんて下げるな！　治から教わらなかったのか！」

頭ごなしに怒鳴られて身が竦み、勝手にぶるりと膝が震えそうになった。

怖い、逃げたい。でもここで逃げたら、もう宏光くんとは一緒にいられないかもしれない。お母さんの時のように、何もできなかったって後悔するのは絶対にもう嫌だ。

私にできることがあるならやらないと。――もう逃げちゃ駄目！

「おい、ばあちゃん――！」

「すみません。ですが、いかなる時でも、誰が相手であっても、礼儀を忘れるなと父と母に教わりました。私も忘れてはいけないと思っています」

震えて引きつる唇を、無理やり横に広げてにっこり微笑むと、曜子さんは言葉に詰まったのか、何も言わずに目尻を吊り上げていた。

大丈夫、怖くない。大丈夫、と何度も自分に言い聞かせて、乱れた呼吸を整える。

「あ、あの、ここに越して来て、右も左もわからない私に、宏光くんはいろいろと親身になって教えてくれました。本当にお世話になり、今もすごく感謝しています」

そう告げると、曜子さんは唇を真一文字に引き結ぶ。怒鳴ることはなくなったのかもしれないけれど、依然私を忌々しげに睨みつけている。ここでひるんでは駄目だ。

「父も私も未熟です。上倉家として宏光くんの補佐が、いえ、丹波家の補佐が必要です。どうか許していただけませんか？　お願いします」

もう一度深く頭を下げたけれど、曜子さんは無言のまま。心が折れそうになった時、宏光くんが有無を言わせないような気迫で告げた。

「俺はばあちゃんにどう言われようが、こいつを補佐する」

「駄目だ！」

「もういい加減にしろ。こいつの言う通り、上倉家は丹波の補佐を必要としているって、ばあちゃんだってわかっているんだろ？　一体どうして絶縁なんてしてるんだよ」

「絶対に駄目だ！　絶縁解消は許さない！　帰るぞ宏光！」

曜子さんは宏光くんの腕を強引に摑む。思わず私も宏光くんに向かって手を伸ばしかけたけれど、その前に誰かの手が曜子さんの肩に乗る。

「——久しぶりだな。曜子。もう死んだと思っていたが、何の因果かまた会ったな」

くくく、と心底楽しそうに喉を鳴らして笑った声に、全身が凍り付く。彼は不敵な笑みを湛えながら、肌がびりびり痺れるような強烈なオーラを纏っている。

長い指が曜子さんの肩に徐々に食い込んでいくのが目に入った。これはあの時と同じだ。血を舐めさせろと何度も喚いた、獰猛な獣みたいな——。

「げ、月下……」

曜子さんが長身のその人を見上げて呟いた。宏光くんは瞬間的に月下さんの手を曜子さんから弾いて、私のほうへ無理やり引き寄せる。今確かに曜子さんは月下さんの名前を呼んだ。どうして曜子さんが月下さんを知っているのか。

「オレはずっと待っていたのに、貴様はあれ以来一度も蔵に寄り付かなくなって、寂しくて堪らなかったぜ。でもそれは正解だ。『絶縁』などという言葉でオレたちの報復から逃れていたのだから、賢い女だと思っていたさ」

　宏光くんが驚いた顔で振り返っても、曜子さんは頑として口を開こうとしない。

「丹波の息子。曜子が貴様を『絶縁』という言葉で、上倉家に寄り付かせようとしないのも、全ては『丹波家を守るため』だ。昔、曜子は重大な罪を犯して、オレたち蔵の二階の住人から、命を狙われているんだよ。なのに、今血相を変えて曜子が絶縁中の上倉に来たのは、孫かわいさ、だな」

「おやめ！　宏光は関係ない！　罪を負ったのは私だけだ！」

「……絶縁が丹波家を守るためってどういうことだ？　重大な罪って何なんだよ！」

「宏光っ、帰るよ！」

　月下さんは深くなった闇に身を溶かし、刹那、曜子さんの進路に立ちふさがっていた。曜子さんは狼狽したように、二、三歩後ずさりした。砂利を踏みしめる音が、やけに大きく辺りに響く。

「半世紀以上、もう六十年ほどこの時を待ったか。オレは貴様を逃がさねえよ」

　きらりと月下さんの右手が輝きを放つ。いつの間にか月下さんの右手には美しい刀が握られていた。三日月の月光を浴びたそれは、艶めかしく銀を纏っている。

「――いつか殺してやると長年焦がれた貴様の血は、さぞ美味いのだろうな！」

「月下さん、駄目っっ！」

頭で考えるより先に、体が動いていた。月下さんに抱き付くように飛び掛かる。何かがぶつかり合うような鈍い音が響いたけれど、いつまで経っても衝撃や痛みは襲って来ない。代わりに大きな手が私の背中に回され、月下さんではない誰かが、私を受け止めてくれていることに気づいた。

「――月下あ。駄目だよ、駄目。たとえ憎き敵にようやく会えたとしても、うちの見習い鍵守が駄目だって言ったら、もう止めなきゃ駄目なんだよ～？」

あはは、といつものように緩く笑った声は、よく知っている。

「蘇芳！　貴様も曜子に恨みがあるだろうが！　邪魔をするな！」

蘇芳さんの仕業なのか、月下さんが地面に倒れ込んでいた。喚きながら立ち上がろうとした月下さんを見て、蘇芳さんは私を宏光くんのほうへ押しのける。

私が宏光くんに受け止められた時にはすでに、蘇芳さんが倒れた月下さんを踏みつけていた。月下さんは蘇芳さんを押しのけようとしているみたいだったけれど、蘇芳さんの長い脚は固定されたピンのように動かない。

「恨み？　まあ、確かに曜子とはいろいろあったから、僕にも思うところはあるよ？でも、国芳は許した。主が許したんなら、僕も許すのが道理でしょ？」

「道理などと、そんなもの……！」

月下さんが喚いた途端、蘇芳さんがさらに踏みつける。すると月下さんが突然うめき、苦痛に顔を顰めた。「ひっ」と小さな悲鳴が自分の喉の奥でくぐもったまま消える。止めないと、と心は焦るのに、感じたこともないような重い雰囲気を纏っている蘇芳さんを前にしたら、魔法でも掛かったかのように一歩も動けずにいる。

「勘違いするなよ？　国芳が許したのは曜子だけじゃない。月下、君もだよ？　君はあの時、『処分』されてもおかしくなかった。君や二階の住人たちが今も存在しているのは、国芳の大いなる慈悲だ。僕ら付喪神は他のあやかしたちとは違って、人間への依存度が大きい。上倉家や鍵守あっての存在だと、月下は早く理解するべきだよ」

だから逆らうな、と蘇芳さんが言っているのがわかった。鍵守は『主』だと言っていたけれど、私が考えていたよりも遙かに重いものなのかもしれない。

「だが……貴様ら単体で成り立っている物には、わかってたまるか！　オレの無念が、半分を奪われた痛みがわからねえだろう！」

月下さんは爆発するように叫んで、蘇芳さんを押しのけて勢いよく立ち上がる。

「残念だけど、わからないね。まあ、かわいそうだとは思うよ。でもさ、月下だってあの時『曜子の半分』を奪ったんじゃないの？」

曜子の半分？　月下さんは躊躇うように俯いた。

「……どういうことだよ。ばあちゃん。俺、いまいちよくわからないんだけど」

呆然としながら、宏光くんが呟く。

「わからないままでいい。何も知らなくていい。宏光はただ、丹波家の興隆と存続だけを考えろ。上倉家には二度と近づくな」

曜子さんは早口で捲(まく)し立てるように喋って、さっさと立ち去ろうと足を引く。

「おい、ばあちゃん！」

「曜子。いい加減、話してあげたら？　少なくとも結花と宏光には聞く権利があると思うよ。二人は上倉家と丹波家の跡取りなんだから」

「絶対に駄目だっ」

「曜子は相変わらず頑固だねえ。そういうところ、宏光に受け継がれていると思うけどね。僕が話してあげてもいいけれどさあ。国芳が死んでいるとしても、一度は忠誠を誓った主を裏切ることはできないし、うーん、困ったなあ」

そう言いながら、蘇芳さんはわざとらしく、ちらりと蔵のほうを見る。自ずと私や曜子さんも目を向けた。

「——っ」

声にならない悲鳴のような息が曜子さんから漏れ、崩れるようにへたり込む。その間も曜子さんの目はずっと、蔵の一点に向けられている。思わず曜子さんに駆け寄ろうとした私たちを制するように、蔵の入り口から声が聞こえた。

「――ならば、僕らがお話しいたしましょう」

「ええ。わたくしたちが真実を話すのならば、国芳様もご納得されるでしょう」

薄く開いた蔵の入り口から、こちらに向かって手を繋いだまま一礼したのは、ペアの手鏡の葵さんと撫子さんだった。

「なぜなら、わたくしと葵さんは元々、国芳様と曜子様のために作られた物ですから」

「や、やめなさいっっ！」

曜子さんの金切り声が、夜の闇の中を切り裂くように響き渡る。

私のおじいちゃんと、曜子さんの物？　つまり……。

「――お二人は愛し合っていたのですよ」

葵さんがはっきりと告げた言葉があまりに衝撃的で目の前が暗くなる。思わず私の斜め前にいた宏光くんを見上げると、目が合った。

言葉にはしなかったけれど、信じられない、と言っているのが伝わってくる。

まさかそんな。思考回路がシャットダウンしたようにまるで働かない。

葵さんが言っていた。自分たちはオーダーメイドで作られた、愛の証だと。わざわざ魔鏡にあつらえて作られたそれが浮かび上がらせるのは、葵と撫子の絵柄。

――魔鏡？

「もしかして、秘密の恋、だったんですか？　周りは誰も知らなかった、とか……」

独り言を言うようにぼそりと呟いた私に、葵さんは頷いた。

「そうですね。僕らが作られる前からずっと、お二人はいつも喧嘩をしていたそうです。でもそれは表面上の話で、本当は人目を忍ぶように逢瀬（おうせ）を重ねておられたと」

「そうだね。二人はたまに蔵で会っていたから、僕たちには周知の事実だったけどね」

蘇芳さんが懐かしむように目を細めていた。

人目を忍ばなければならなかった理由は、聞かなくてもわかる。

蘇芳さんが、丹波家と主従関係である以上認められることはない、と言っていた。

おじいちゃんの時代はもっとうるさかったことが容易に想像がつく。

だからただの手鏡じゃなくて、わざわざ魔鏡にしたんだ。一見して誰にでもわかるものではなく、正体を知っている者にしか、本当の使い方がわからない魔鏡に。

「でも、周りに露見してしまったということですか？　だから反対されて二人は……」

「ああ。当然の報いだがな」

突然冷たい声が割り込んできた。月下さんが忌々しそうに舌打ちする。

「当然の報いって、なんだよ。つまり、付喪神たちがばらしたってことか？」

宏光くんが立ち向かうようにまっすぐ言葉を放った途端、背筋がぞっとした。

もしかして、付喪神が裏切ったということなのか。

――付喪神は、人間を誑かす。

いつの間にか忘れていたあの言葉が、急激に頭の中に湧き上がって思考を支配する。

ううん、忘れたんじゃない。私は皆を信じたくて考えないようにしていただけ。

この怒りにも似た感情は何なのか。裏切られた、なんて思いたくないのに。

「あなたたちは、上倉家の、おじいちゃんの味方だったんじゃないんですか？」

語気を強めた私に、月下さんはやれやれと肩を竦める。

「味方？　貴様はそんな甘い言葉に踊らされているのか。いいか、誤解するなよ？　蘇芳や伝兵衛たち一階の住人は、鍵守に忠誠を誓っているが、オレたち二階の住人は違う。この際だから言っておくが、蘇芳たちの言葉を信じ切るな。貴様たち上倉家の栄華は、蔵があってのこと。オレたちが存在するからこその、上倉家だ」

蘇芳さんと月下さん。二人の鍵守に対する認識は真逆だ。私にはどちらが正しいのかはわからない。でも考え方の差が、一階と二階の対立を生んでいる。

「ちょっと、僕が目の前にいるのに、そういうことを言う？　それに昔は君たちだって国芳や歴代の鍵守たちに忠誠を誓っていたじゃないの」

「昔は忠誠を？　月下さんたちは何があって忠誠を誓えなくなったんですか？　あの、教えてください」

じっと月下さんを見据えると、月下さんはしばらく逡巡した後、口を開いた。

「――曜子はオレたちを排除しようとした」

月下さんの瞳に月が映って金に煌めく。

「《あの事件》があった頃は慶子が鍵守だったが、それは表向きのことで、実際は国芳がいろいろと蔵の管理をしていた」

慶子って、たしかおじいちゃんの妹で、おじいちゃんの先代の鍵守だった人だ。

そういえば、伝兵衛さんが慶子さんという人のことを話していた。おいたわしいとか、悔しいだとか。もしかしてそれが《あの事件》のことなのかもしれない。

「国芳は曜子が腹を立てるほど、オレたちのために尽くした男だ。そう思うと、国芳はオレたちの考えに近い。蔵があっての上倉家だと考えていただろうからな。そんな国芳を曜子は許せなかったのか、気を引きたかったのか知らねえが、ある日曜子は蔵に火をつけた」

皆の視線が、一気に曜子さんに集中する。でも曜子さんは微動だにせず、葵さんと撫子さんを見据えたまま目を離そうとしない。

「火をつけた跡なんてどこにも……」

「この蔵は何度か建て替えられていると聞かなかったか？　その頃の蔵はまだ二階がなく一階だけだった。蔵は漆喰で塗り固められているから外からは火が付かず、曜子は慶子を唆して鍵を開けさせ、内側から火をつけた。中は半分ほど燃えたが、外観に変化がなかったのが幸いして、町人が感づく前に国芳がしれっと建て替えて、二階建ての今の姿になったのさ」

　確かに建て替えの話は聞いたけれど、物が多くなりすぎてその都度建て替えたと聞いただけだった。信じられずにただただ蔵を仰ぎ見る。

「その時、中の付喪神たちも大勢死んだ。巻き込まれた慶子も、命からがらで助け出されたな。蘇芳は母屋を棲みかにしていたから無事だったが、オレは半分を失った」

「半分……？」

「刀ってのはな、大刀と脇差の二本で一対だ。オレは大刀で、この蔵に入って早々に目覚めたが、まだ付喪神になっていなかったオレの片割れである脇差が燃えて死んだ。貴様に己の半分を奪われる苦しみがわかるか？　わからないだろうよ」

　嘲けるように笑った声が、夜空に吸い込まれて消える。

半分を奪われる痛み。それは――。

「オレは曜子を許せない。だから同じように考えるヤツらと共に、新しく建て替えた蔵の二階に上がって、曜子の気の迷いだったと主張する一階のぬるま湯のような連中と袂を分かった。そしてオレは人の姿に化けて二階の窓から抜け出し、当時の丹波家の家長に言ってやったのさ。曜子と国芳が恋仲だということと、それゆえに曜子が蔵に火を付けたこと。オレたちは決して許さないとな」

重苦しい空気が立ち込める中、蘇芳さんは、長い長い溜息を吐いた。

「……月下の言った通りだよ。丹波家の家長は慌てて曜子に別の縁談を持って来た。二人は無理やり引き離されてしまったのさ。火事の後は曜子を許せない二階の住人が、曜子を嫁に迎えたら絶対に許さない、殺してやるとか、暴動みたいになっていたから、事態を収めるために国芳は大分苦労していたね。それでも国芳は火を付けた曜子を咎めず許そうとしていた。でも結局国芳の両親が曜子を許さない方向に動いたんだ。最終的に曜子は別の男と結婚して、国芳は十年ぐらいしてから佐代子と出会ってようやく結婚した。国芳は最後まで月下たち二階の住人を咎めることはなかったよ。ただ二度と関わらなかったけどね。間違っていないでしょ？　曜子」

蘇芳さんが呼びかけると、ようやく曜子さんが顔を上げる。そうして小さく頷いた。

「――そうだ。大方正しい」

「大方？　違うところがあるとでも言うのかい？」

「ある。貴様らはさぞ無害だというようにわざわざ人の姿を取って振る舞うが、そんなことはない。この世で一番邪悪で禍々しい化け物だと私は知っていたぞっ！」

爆発するような叫びに、食いしばった歯、吊り上がった目、小刻みに震える手。付喪神たちに対する憎しみが、曜子さんから溢れ出しているようだった。

「……ふうん。僕ら以上に人間に優しい化け物はいないよ？」

茶化すような態度の蘇芳さんに、曜子さんは激昂して勢いよく詰め寄る。

「嘘を吐け！　慶子様が鍵守になった当初はよかったが、次第に慶子様は夢と現がわからなくなって、衰弱して気が触れたじゃないか！　貴様たちと関われば関わるほど、心を蝕まれて死が近づいていったことを、私が知らないとでも⁉　だから私は国芳を守るために蔵が全部燃えてなくなればいいと思っただけだ……！」

――これ以上深く関わるなよ。心を喰われる。

宏光くんがいつか私に向かって言った言葉が、頭の中で警報のように鳴り響く。

もし本当なら、私も？

「あーもう、うちの見習い鍵守の前でそんな怖がらせるようなこと言わないでよ。今絶賛勧誘中なんだから」

張りつめた緊張感をものともせず、蘇芳さんがいつも通り緩い声で笑い飛ばす。

「確かに慶子はかわいそうだったよ。僕も見ていられなかった。でもね、実際は大分違う。慶子はね、ある付喪神を愛してしまったんだよ」

衝撃的な言葉に、思考が停止する。目の前が真っ暗になって、何も考えられない。

「僕らは元々人間に使われるために作られた物だから、人間に執着する心は他のあやかしたちよりも何倍も強い。いつの間にか恋に発展することもあるよ。そんな付喪神にひたすら愛されて尽くされることになるんだ。僕も付喪神と恋に落ちる鍵守を、何人も見てきた。でも、僕らは所詮化け物。執着すればするほど、心を重ね合わせれば合わすほど人間を蝕んでしまうのは否定しない。そして同時に僕らも人間に蝕まれる。最後は決まって人間も付喪神も夢か現かわからないほど衰弱して死ぬ運命になる。付喪神と人間が恋に落ちるというのは、互いに命を捧げる覚悟が必要なんだよ。まあ僕はバカらしいと思っているからこそ、長年蔵に棲み続けて、古株なんだけどね」

呆然としていた私に、蘇芳さんはあっけらかんと笑顔を見せる。

「言っておくけど、君が心配する必要はないからね。ごく普通に僕らに関わる分にはまるで平気だから。現に国芳は六十歳くらいまで生きただろう？」

確かにおじいちゃんもおばあちゃんも短命とは言い難い。蘇芳さんの言っていることに間違いはないだろう。

「――慶子は症状が進行するのが早かったからね。上倉家も付喪神と恋に落ちて気が触れたなんて言えなかったのか、丹波家にすら事実を伏せていたんだ」

「う、嘘だ……。そんな、だって……」

「曜子、君は誰かに唆されたんじゃないのかい？　慶子がおかしくなったのは鍵守になったからだと。鍵守になると短命になるから、国芳を失いたくなかったら、いっそのこと蔵を燃やせ、と」

真顔で告げた蘇芳さんを映した曜子さんの目が、みるみるうちに見開かれる。

「ばあちゃん、本当かよ？」

「……慶子様が気が触れてしばらく経った頃、手紙が届いた。鍵守になると心を喰われる。蔵を燃やさないと国芳も慶子様のように衰弱してすぐに死ぬと。国芳が長く生きたことを考えると、あれは嘘だったとなかなか認められなかったが、気づいていた。あの頃は必死だったんだ。慶子様を傍で見ていた当時の私は疑わなかった」

「差出人は？」

「……書いていなかった。私は鵜呑(うの)みにして……、ただ国芳を守りたくて……」

曜子さんは崩れるように地面に手を付く。背が丸くなり、小刻みに震えている。

「一体誰が、ばあちゃんに……」

「さあね。元々曜子は国芳の幼馴染みで、幼い頃からよく蔵に来ていたけれど、昔っから頑固だったから、蔵の住人とよく対立してた。付喪神から恨まれていてもおかしくないし、もちろん上倉家だって上に立つ者の宿命で、村人から恨みを買うことも沢山あった。曜子を唆したのは付喪神じゃなくて人間かもしれない」

付喪神なら犯人を追うことができるかもしれないけれど、もし人間だったら捜し出すのが難しいことは、山口祥平さんの件で私も宏光くんもよくわかっていた。

時間という大きな壁が立ちふさがって、真実を見せてくれない。

ただ、底知れない不安を覚えるのは、もし犯人が付喪神だとしたら、今ものうのうと蔵に棲んでいるのかもしれないと考えてしまうから。あの暗がりの奥に、さらに恐ろしいあやかしがいるかもしれないと思うとぞっとする。

「曜子、このままでいいのかい？　これが恐らく君が弁明する最後の機会だと思うよ」

そう言った蘇芳さんに、曜子さんは見透かされたかのように、みるみる狼狽する。

「弁明？　まだ隠していることがあるのかよ。ばあちゃんもう全部話せよ」

宏光くんが促すと、曜子さんはしばらく逡巡した後、自嘲しながら口を開く。

「……蘇芳は知っておったのか」

「噂でね。あの時曜子と慶子の傍にいた付喪神たちは全部焼けて死んだけど、聞いた物がいるんだ。おやめくださいい慶子様、って曜子が叫んだ後に炎が上がったって。あの頃の慶子は衰弱が激しくて、よく死にたいと嘆いていたから、もしやって思っていてね。火を付けたと言ったのは曜子自身だったけど、唯一真実を知る曜子が、あれ以来上倉家に来なくなったから僕も確かめようがなくてわからなかった」

「ばあちゃん、本当に火を付けたのは慶子さんじゃ……」

「……もし慶子様が火を付けたとしても、消さなかったのは私だ。蔵が消えてなくなれば、慶子様が鍵守を降りた後、国芳が鍵守にならずに済むと信じていたのは私。これが絶好の機会だと思ったのは真実。──私は慶子様の共犯だ」

そう言った曜子さんに、月下さんが目を吊り上げて怒鳴った。

「ならばなぜ火事の後、慶子ではなく自分が火を付けたと言ったんだ！　真実を言わずにいたらオレたちから恨まれるに決まっているだろう！」

激昂する月下さんに、曜子さんは淡々としていた。その瞳は夜空に浮かぶ月のように、揺れもせず、光を自ら放つわけでもなく、ただただ世界を映している。

「──我らは丹波家。上倉家の補佐役。上倉家の罪を被るのも丹波家の役目だ」

何の淀みもなくまっすぐに放たれた言葉に、全員が絶句する。

「丹波家の役目って……、ばあちゃん、そんなの……」

「それが『補佐役』だぞ、宏光。この娘を『補佐する』などと軽々しく言うな」

私たちが思うよりもずっと、上倉家と丹波家の繋がりは複雑で、重い。表面上だけではなくもっと深いところで、明部も暗部も抱えて結びついている。

恐ろしい、と思った。冷水を被ったように、指先から凍り付く。『補佐役』がそういうものだとしたら、私は軽々しく補佐してほしいなんて言うべきではなかった。

「――だとしても俺は言うぞ。俺はこいつを補佐する。それが俺の役目だから」

衝撃が全身を駆け巡り、宏光くんから目が離れなくなる。こんな話を聞いて、宏光くんは補佐することを怖いと思わないのだろうか。

「役目、か。私も初めはそう思っていた。だが、最終的には破滅しか招かないぞ」

「破滅とかどうでもいい。そうなるしかないのなら受け入れる。ただ俺は簡単にはそういう結末にはさせない。抗ってみせる。絶対にな」

そう言った後、急に宏光くんは首を横に振る。

「いや、役目なんて本当はどうでもいい。俺は俺自身の意志で、全力でこいつを守る」

淀みのないまっすぐな声音が胸の奥にすとんと落ちて、冷え切った体にじわじわと熱が戻っていく。

名前の通り、光みたいな人だ。

光が広がっていくように、宏光くんが私の心の闇を照らして薄れさせてくれる。

曜子さんが宏光くんと私を呆然と見つめた後、ふっと顔を曇らせて苦笑する。

「国芳も、私にそう言ってくれたことがあったのだがな……」

ぽつりと曜子さんが呟く。そしてそれが合図だったように、叫んだ。

「でもそうではなかった。国芳は結局『家』を選んだんだ！　慶子様が火事の後、時を置かずに亡くなり、国芳が新しい鍵守になって上倉家を継いだ。でも私が慶子様をかばったことを国芳にだけは打ち明けていたから、真実を知っていたのに、結局は私の父や、国芳の両親の意見を呑むように、私に縁談を受けさせた。国芳が本気なら駆け落ちでもなんでもできたはずなのに、会うこともなく時が過ぎ、私の祝言を迎えた。そこで初めて婿を見たが、相手は国芳の親友で私もよく知る男だった！　その時ようやく、国芳に裏切られたと確信したわ！　だからもう何も信じられなくなって『絶縁』したんだ！」

誰も口を開こうとせず、緊迫感が辺りを包む。重苦しい空気に、虫すら鳴こうとしない。そんな中、母屋から伸びる小さな影が、そっと動いた。

　そこには、悲しそうに眉尻を下げた撫子さんが、曜子さんを見つめていた。

「──国芳様は心から曜子様を愛していらっしゃいましたよ。疑わないでください」

「そうですよ。僕らが今でも残っているのが証拠ではないでしょうか」

　撫子さんと葵さんが、こちらまでとことこと歩いて来る。

「国芳様はわたくしたちを手放すことなくずっと蔵にしまっておいてくださったんです。まるで大事な思い出をしまうように、ひっそりと」

　私と宏光くんがそれぞれ二人を使った時、悲願だと言ったのを思い出す。その言葉の裏にあったのは、曜子さんとおじいちゃんの悲しい恋物語。

「もう十分だ……っ」

　曜子さんはガッと勢いよく傍にいた撫子さんを摑み、止める間もなく振り下ろした。

　あっ、と声を上げることもできず、代わりに砕け散る破壊音が響き渡った。

　まるで誰かの絶叫のように、いつまでも耳に残って離れない。

「……撫子さん」

　名前を呼んでみたけれど、返事がない。

　曜子さんの傍には、桃色の鏡の小さな破片がいくつも散らばっていた。曜子さんは放心状態なのか、欠片(かけら)を見たまま無反応だった。

「撫子さんっ……」

撫子さんの欠片に駆け寄ってかき集める。

直さないと。そうだよ、直せば元通りになる。まだ間に合う。まだ……。

散らばった破片を暗い中、手探りで拾っていると、誰かが私の手を制するように強く握る。触れた手は熱を持っていて、生きている人の手だと教えてくれる。

「やめろ」

ぐっと力を籠められた時、チリッと指先に痛みが走る。母屋の灯りに照らし出された自分の手が、いつの間にか赤く染まっていた。

「宏光くん、早く撫子さんを直さないと。まだ間に合うから、手を放して」

お願いだから、と懇願しても宏光くんは放そうとしない。その顔が歪んで、泣き出しそうに変化した。見たこともない表情が私の不安と焦りをさらに増幅させていく。

「早く直さないと……。撫子さん絶対に痛いよ。お願い、早く……」

「──もう無理だ」

はっきり告げた宏光くんの両目は、微塵も揺らがない。

「無理？　そんなことないよ、大丈夫。私、全部欠片集めるから」

「元通りにできないくらいバラバラだ。お前だってもう駄目だと本当はわかっているだろ？　――結花」

ハッと自分を取り戻す。宏光くんに名前を呼ばれたのは、初めてだった。

つん、と鼻の奥が唐突に痛くなる。目の奥が熱を持ち、宏光くんの顔が滲んではっきりと見えない。

「……撫子さん、死んじゃったの？」

宏光くんが、無言で頷いた。

もう元通りにできないほどの損傷。別の物への再生も不可能。

――これが、付喪神の『死』。

ボロボロと止めどなく涙が頬を滑って落ちる。

私が落ち込んでいたら、優しく励ましてくれた撫子さんはもういない。

何もできなかった。私、何にも――。

あの時と一緒。お母さんの時と同じで何もできなかった。

また、同じ。ぐらりと黒い闇の中に真っ逆さまに落ちていく――。

その瞬間、強く引き寄せられる。宏光くんは私の髪に頬を付け、右手は私の手を握ったまま、左手が私の背に回る。

「……ごめん」

耳元で囁かれた後悔を含んだ声音に、またじわりと景色が滲む。

宏光くんのせいじゃないと伝えたかったのに言葉にならなくて、首を横に振る。思わず宏光くんの背にしがみつくように手を回す。本当は心を閉ざして暗闇へと転落しそうだったけれど、触れている部分からじわりと熱が伝わってきて、傍にいてくれる人がいることを実感する。

「……はあ、最悪。国芳の手前、今まで黙っていたけれど、もう容赦しないよ？」

「貴様！　あのような惨劇の罪を被り、もう懲りたと思っていたが、そうじゃなかったようだな。オレが貴様をぶっ殺してやる！」

「初めて月下と意見が合ったね。曜子、僕らは君を許さないよ？」

じりっと焦げるような緊迫感が急激に張り巡らされた。こういう時、嫌でも二人が人間ではないことを知る。驚いて止めに入ろうとした私を止めたのは意外な人だった。

「――お待ちください、皆様」

曜子さんを庇うように二人の前に立ちふさがったのは、葵さん。

「元々僕と撫子は、国芳様と曜子様のために生まれた物です。上倉家の蔵におりましたが、本来曜子様の物。そのようなお方が我々を壊すのならば、文句はありません」

「ええ？　ちょっと待ってよ、葵。君は伴侶を奪われたんだよ？　許せないでしょ」

「そうだ、絶対に許すな。貴様は半分を奪われたんだぜ。よく納得できるな」

　葵さんは月下さんを眺めながら思案して、ほんの少しだけ微笑む。

「すぐに撫子のもとに参りますので、大丈夫です」

「おい、待て。それって……」

　月下さんが止めるのも聞かずに、葵さんが曜子さんに向き直る。

「国芳様は僕におっしゃいました。曜子様の旦那様は、ずっと昔から曜子さんのことを想っていたそうです。気がつかなかったやもしれませんが、国芳様と二人で曜子様を奪い合っていたそうですよ。もし曜子様がご自分と結婚されても、我々付喪神から敵視され、国芳様のご両親もいい顔をしない。ならばその御方に託したほうが、ご自分よりずっと幸せにしてもらえるだろう、と。曜子様から見れば、確かに国芳様は『家』を取ったのかもしれませんが、決して裏切ったわけではなく、曜子様の幸せを願ってのことでした。僕は、己が身を引くことも一つの愛だと国芳様から教わったのです。現に曜子様は幸せになられたのではないですか？　国芳様が亡くなられた後、丹波家は上倉家を凌ぐほどの発展を遂げたとお聞きしました。宏光さんもご立派に成長なされて……。それは、曜子様ご夫妻の尽力があったからでしょう」

　ぽろりと皺が刻まれた頬に涙が走る。

「全身全霊をかけて国芳様を愛していたからこそ、諦めがつかないのもよくわかります。ですが曜子様がご結婚され幸せになり、国芳様も佐代子様という理解者を得たことが、間違っているとは思えません。一つの恋が終わってまた別の誰かを愛することは、裏切りでもなく人として生きていく上で大事なことです。人間は一人では生きていけない生き物なのですから」

私も同じ。孤独のまま生きてはいけない。誰かと共に生きたいと思っていたい。

「――曜子さん、もう絶縁はやめませんか？　私は丹波家の補佐を望んでいます。ただ補佐と言っても、曜子さんの時のようなものは望みません。どのような形がいいかは私と宏光くんで決めていこうと思います。それに葵さんの言う通り、私たちは一人では生きていけないですから、上倉家は丹波家といがみ合うのではなく、共に手を携えて、この町のために在るべきだと思います」

私に何ができるかわからない。でも宏光くんが言ってくれた。

――これから同じものを背負っていくんだろうな、って。

引っ越して来てそんなに日も経っていないし、馴染んだとは胸を張って言えないけれど、私にはやるべきことがある。

「私はまだ見習い鍵守ですけど、私にとっては蔵の皆が大事なんです。いつかは立派な鍵守になるために頑張らないといけないとも思います。鍵守になることは、上倉家に生まれた私にしかできないことだから」

宏光くんでもなく、他の誰でもなく、私にしかできないこと。私だけができること。付喪神たちと関わるなら、この先楽しいことだけではなく恐ろしいことが沢山あるだろう。けれど私を望んでくれる付喪神たちがいる限り、立ち向かいたい。

「――ここが私の生きる場所だから」

硝子一枚隔てた場所なんかじゃない。

草の匂いも、木々を撫でて風が渡るのも、全部リアルで、全部愛おしい。

そういう場所に今、私はいる。

曜子さんはじっと私を見据えていた。そうして急に目元を緩ませる。

「付喪神と生きるのは、人と生きるよりも何倍も難しい。心を喰われる前に我に返らせるのが、我ら丹波家の使命でもある」

え……。

「私は上倉家とは一生涯絶縁した。二度と上倉家に関わらないのが、神殺しをした私の贖罪(しょくざい)でもある。――ただ宏光は許そう。宏光、上倉家を助けてやれ」

「あ、ありがとうございます！」

思わず飛び跳ねて、嬉しいと叫びたくなったのを不謹慎かと思い、必死で堪える。

宏光くんを見上げると、宏光くんも信じられないというように、驚いた顔をしていた。

でもすぐに口許が緩んで笑顔になる。

「ありがとう、ばあちゃん。感謝してる」

「宏光も気を付けろ。化け物は、骨の髄まで化け物だ。結花が喰われる前に止めろ」

「えー、何それえ。化け物って連呼しないでよ。僕らすっごく優しいんだよ？」

「蘇芳は胡散臭いだけだ。オレは絶対信じない」

「ちょっと月下は黙ってて！」

仲がいいのか悪いのかよくわからず、笑いながら見守っていると、曜子さんは背を向けて歩き出す。まるで重い荷物を降ろしたような、すっきりした足取りだった。

「おい、ばあちゃん。待てよ」

「一人で帰る。宏光は来るな」

曜子さんは宏光くんを制してまた歩き出した。でもその時、

「……すまなかったな」

ぼそりと呟いた謝罪の言葉はとても小さな声だったけれど、しっかりと胸に届いた。

「気に入らない」

そう月下さんは吐き捨てて、顔を背けた。火事で自分の半分である脇差を奪われてしまったこと。結局慶子さんが火を付けたけれど、誰であれ簡単には許せないことだ。

だから私は何も言わず、月下さんの傍に立つ。

そんな私に気づいて、月下さんは照れ隠しなのか「貴様も早く殺す」と喚き出した。

急いで月下さんから距離を取った時、足元から神妙な声が聞こえた。

「結花さん、お願いがあります」

「葵さん」

葵さんに目線を合わせるために膝をつく。もう止まっているみたいだけど、自分の指先から強く鉄の匂いがした。

「――僕を、壊してくれませんか？」

葵さんがそう言い出すことを、『すぐに撫子のもとに参ります』と言った言葉で、何となく察していた。でも、何とか思いとどまってほしい。

説得しようとした私に気づいたのか、葵さんは私が何か言う前に口を開く。

「僕は撫子と二つで一つ。僕は撫子と対になるように作られたので、代わりの誰かでは駄目なんです。最後に曜子様のお姿を拝見できたので、心残りはありません」

「わかった、俺がやる」

宏光くんが淡々と手を伸ばす。宏光くんだって、葵さんと撫子さんと話をした。辛いはずなのに微塵も表に出さない。それが宏光くんの『強さ』なんだ。

「待った。葵の破壊は結花がやるべきだよ」

唐突に蘇芳さんが声を上げる。

「おい蘇芳、誰でもいいだろ。オレがやっても……」

「月下は尚更ダーメ。ねえ結花。鍵守の仕事はね、蔵の管理と僕らの話し相手だけじゃないよ。付喪神に引導（いんどう）を渡すのも、立派な役目なんだ。僕らは悠久の時を生きる物も多い。僕はあと数百年で朽ち果てるだろうけれど、月下や葵は、保存状態が良ければさらに千年以上生きるだろう。そんな僕らが死にたくなったらどうするの？」

「死にたくなったらって、そんな……」

「天災や事故があって体の半分が壊れてしまったら？　二階の住人に襲われて命からがらになったら？　僕らは欠けた状態のまま何百年と生きるかもしれない。だからとどめを刺してほしいと願う付喪神も沢山いる。鍵守という存在を僕らが求めるのは、ただ楽しくやりたいだけじゃないよ。僕らが上倉家に力を貸す対価の一つとして、自分に引導を渡してくれる人間を求めているのさ。時代は変わって、上倉家に物を持ってくる人もほとんどいなくなった。蔵に受け入れる物よりも、君は僕らを破壊するほうが多くなるかもしれない」

ごくりと唾を飲み込む。蘇芳さんの言っていることはもっともだ。

でも私が、葵さんを壊す？ もしかしたら蘇芳さんや月下さんも、私がいつか壊すのかもしれない。

——その覚悟が、私にあるのか。

変化や喪失を恐れる私に、それらを与える役目が務まるのか。

真実を話して、私を傷つけるのは嫌だと言った蘇芳さんを思い出す。もしかしたらこうなることを見越してあんなことを言ったのかもしれない。

「おい、結花には無理だ。俺が——」

「——ううん、私がやる」

俯いて呟くと、宏光くんが息を呑む音が辺りに響いた。

「ここで終わりにしたいって葵さんが望むのなら、葵さんの気持ちを尊重したい。その上で、撫子さんを壊したのが曜子さんだったから、私はおじいちゃんの代わりに葵さんを壊すべきだと思う。それにこの間思ったの。物には人の思い出が詰まっているって。壊すことで葵さんと曜子さんが、そして天国のおじいちゃんが、新しくまた始めることができるのなら、私がやる」

思い出が詰まった物を手放すことが救いになることもある。

そうやって人間は前に進んでいくんだ。

もしかしたら私もそうなのかもしれない。東京を離れてあの頃の全てを手放して、そうしてこの町に来て、ちょっとずつもがきながら、前に進んでいる。

「人間は勝手でごめんなさい」

そっと葵さんを両手で包み込む。重みがあってひんやりしていて、確かにここに葵さんがいることを教えてくれている。

「勝手ではありませんよ。元々僕らは無機質なただの物です。なのに人間は理由を付けて僕らを大事にしてくださる。存在理由を、魂を与えてくれるのも、また人間なんです。僕の我が儘を聞いてくれてありがとうございます。勝手なのは僕ですよ」

葵さんは私に向かってどこまでも澄んだ青い空のような、清々しい笑顔を見せた。

「僕を壊すことで、あなたが傷つきませんように。もう立派な鍵守ですよ、結花さん」

涙を堪えて、頷く。声になっていない掠れた息のような声で「ありがとうございます」と呟いて、庭石に向かって葵さんを勢いよく振り下ろした。

八

「じゃあ行ってくるね、結花」

「うん、お父さん仕事頑張ってね！」

　お父さんが手を振って、長屋門をくぐって石段を下りて行った。もしお父さんに私が鍵守になるために修行中って言ったら、どんな顔をするだろう。驚いてくれるだろうか。ううん、まずは鍵守ってどんなことをするの？　って言うんだろうなあ。

　ふふっと声を漏らして笑い、いつも食事をしている部屋の前に戻る。

　そこには大きな庭石があって、傍には深い緑と桃色の鏡の破片がいくつも散らばっていた。手足が生えることはなく、もちろん動き出すこともない。

「――後悔しているのかよ」

　そんな声が響いて顔を上げると、月下さんが立っていた。日の光の下で見るのは初めてかもしれない。今まで気づかなかったけれど、月下さんの髪の色は金に近い茶色だった。まるで月光のような柔らかい煌めきに、目を細める。

「いいえ。していませんよ。ただ忘れないようにしたいんです」

「へえ。なぜだ」

「今回のことは、鍵守としての自覚が生まれたきっかけになりました。蘇芳さんが言った通り、これからも付喪神に引導を渡すことを頼まれると思います。何度も壊したら、私も慣れるかもしれません。そんな風にはなりたくないです。だからこの悲しみを覚えておこうと思っています」

人間は上手くできている。痛みや悲しみが続けば、その状態が普通だと思ってしまうことがある。特に私は一人でいることが普通だと思っていた。

それは違うと、忘れないでいたい。

「貴様は不思議な女だな」

顔を上げると、月下さんがほんの少し微笑んでいる。

「辛いことは忘れたいものじゃないのか?」

そう言われて少し考える。

「……月下さんは、忘れたかったんですね」

端麗な横顔を見上げて呟くと、月下さんは目を見張ったあと、すぐに細めた。

「そうだな。辛いことなんて苦しくなるだけだから、覚えておかなくてもいいだろうと思っていた。何もかも忘れようとしたら、理性まで忘れた。化け物なんて単純だ。

本能だけで血を求めている時は、ひたすら楽だからな」

月下さんが自嘲する。まるで泣いているように見えて、唇をぎゅっと噛む。

「昼間でも外に出て来ているということは、もう大丈夫なんですね」

「さあな。いつまた理性を失うかわからねえが、今は大丈夫だ。興味の対象ができた」

「え？」

「貴様は一体何なんだろうな。割れた撫子を、怪我もいとわずに必死でかき集めていた姿を見て興味が湧いた。人間とオレたち付喪神を同列に見ているのか？　オレたちは元々物だ。壊れて死んでも、新しい物に買い替えればいいだけの話じゃねえのか？」

その問いに、口許が緩む。

「違います。新しい物に替えても駄目だってわかったんです。心を交わした時に、私にとってただの物じゃなくなったから。初めは付喪神をただ怖い存在だと思っていました。でも、話してみたら違った。今はもう家族のようなものです」

伝兵衛さんや清さん。布団や華さん。そして蘇芳さん。私にとって友達だし、家族。

「もちろん月下さんのことも、家族だと思っていますよ」

「家族、か」

呟いたまま、月下さんはしばらく無言になる。私に話したいことがあるのか、何度も口を開いては、臆したように閉じる。月下さんの葛藤がわかったから、辛抱強く待っていたら、しばらく経ってようやくぽつぽつと話し出した。

「……昔オレを自分の魂だと呼んだ男がいた。無銘で切れ味がいいわけでもない、名刀に比べたらただの駄作だったオレを、魂だとな。その時オレは、こいつのために壊れても文句はねえと思った」

「……はい」

月下さんの背を見つめながら、わざと相槌を打つ。こちらを見なくても、私はここにいると伝わってほしかったから。それほど月下さんは心細そうに見えた。

「いろんな修羅場を一緒にくぐって最高だった。でもある時、すげえ強いヤツに主人は負けた。そいつは主人の手から落ちたオレを使って、わざわざとどめを刺したんだ」

思わず背に触れると、月下さんはほんの少し私を振り返ったけれど、すぐに俯く。

「あの時ほど、物であることを恨んだことはない。もっと早く上倉家の蔵に入って付喪神として目覚めて自由に動けていたら、主人を守ることができた。そんな後悔ばかりだ」

――人間に執着すればするほど、姿もそれに似るものだよ。

そう言った蘇芳さんの声が蘇る。もしかしたら月下さんの姿は、元の持ち主に似たのだろうか。いや、もしかしたら元の持ち主を殺した相手なのかもしれない。

「私も後悔が多いです。以前、月下さんは、貴様に半分を奪われた苦しみがわかるかと言いましたよね。私は数年前に母を病で亡くしました。私が生きている理由も母だと信じていたのに結局亡くなって、しかも母の死に目にも会えず、私の中に残ったものは後悔だけでした。あとはもう、空白の毎日です」

空っぽだった。糸が切れたように、何もかもどうでもいいと感じていた。

「……ここに来て、満ち足りたのか？」

その言葉を聞いて、勝手にふっと笑みが零れた。

「さあ。まだわかりません。満ち足りたと思っても、急に孤独を覚えます。でもそういう時、一緒にいたら違うと思うんです」

「貴様、何を……」

「辛いときは辛いと言いあいましょう。私も、月下さんも、お互いにね？　と念を押すと、月下さんが吹き出す。ゲラゲラとひとしきり笑って、目許の涙を指先で拭う。

「……貴様は本当に不思議な女だな」

「そうですか？　あの、もう命を捧げろなんて言わないでくださいね」

「さあな。またしつこく言うかもな」

月下さんは私の髪をくしゃりと撫でて、蔵に向かって歩いて行く。その後ろ姿が、どう見ても嬉しそうだった。初めて会った時とはまるで違う雰囲気に、きっと私たちは上手くやっていけるだろうと思える。

もしかしたらこうやって支え合って共に生きることで、付喪神たちの遺恨を取り除けるのかもしれない。それが私の鍵守としての在り方なら、いいな。

「月下さん、よかったら蔵の一階に降りてきてください」

「降りねえよ。——またな」

月下さんはそう言うけれど、もしかしたら一階に降りて来てくれるような気がした。『また』と言ってくれたから、信じよう。

蔵を見ると真っ青な空が目に入る。雲一つない空は、どこまでも晴れ渡っていた。

九

「ちょっとちょっと聞いたよ、結花！　あんた丹波の婆様に直談判したって⁉」

夏休みもあと数日。少しずつ暑さも和らいできた今日この頃、どこで聞きつけたのか、環が洗濯物を干していた私のもとに、ものすごい勢いで駆け込んできた。

「丹波家の補佐が必要ですってお願いして、宏光くんの補佐が許されただけだよ」

「補佐じゃないでしょうが！　婆様に直談判して婿にくれって言ったんでしょ!?　しかも許されちゃったなんて、皆盛り上がってるんだから！　祭りだって騒いでるよ！」

「む、婿!?」

自分でも聞いたことがないほど素っ頓狂な声を出した私に、環は「はあ？」と顔を顰める。ああ、美少女が台無しだけど突っ込む気力もない。

「……違うの？」

「ちちち違うよ！　第一私たち付き合ってるとかそういうのじゃないし！」

洗濯物を放り出して、環に弁解する。環はみるみるうちに猫背になって、ついには縁側にごろりと寝転んでしまった。

「えー、めっちゃ全力で走って来ちゃったじゃん。あたしの頑張り返してよお」

「ごめん……、って今私が一番混乱してるから！　えええええどうしよう」

感じたこともないほど動揺してしまって、うろうろと庭を歩く。そんな私を、環は寝転んでにやにやしながら見ていた。意地悪だなあと唇を尖らせる。

「あのね、も、もしもそういうことがあったら、噂になる前に環には話すから」

こんなこと女の子の友達に言ったことがなかったから、緊張する。環があまり反応を返してくれなくて、不安になって顔を上げると同時に、環が私に抱き付いた。

「ぜーったいだよ？　約束」

弾んだ笑顔が眩しい。環は髪が金色じゃなくても、ヒマワリみたいだ。

「う、うん。約束、するから」

「あたしもお兄ちゃんみたいな人見つけたら、結花に速攻で報告するからね！」

環にとっては他愛（たわい）のないことかもしれないけれど、私にとっては重大なことだ。まさか自分が恋の話をするなんて、思いもよらなかった。

ん？　恋……？

「──なんだよ、都成かよ」

はあ、と大きな溜息が庭に響き渡る。そこには、大きな段ボール箱を抱えた宏光くんが立っていた。途端に、ボッと音が出そうなほどの勢いで、顔が火を吹く。

「はいはーい！　お邪魔虫は消えまーす！　んじゃね、結花！」

環は庭の背丈ほどの草を掻き分けて、その中に消えていく。またそこから……。忍者みたいだな、もう。呆れていると、宏光くんは縁側に段ボール箱を置く。重い物が入っていそうな音がして、私も箱の中を覗き込む。

「どうしたの？　これ何？」

尋ねると、宏光くんは箱の中からまた箱をいくつか出す。

「鯛にカニに、ハムだろ？　皿に、グラス。あと果物は飛丸に食べさせてやれ」

「こんなに果物があるなんて、飛丸すごく喜ぶよ！　ありがとう！　でも鯛とかカニって……」

何だろう、と悩んだ私に、宏光くんはのしが付いた箱を差し出す。疑問にも思わず受け取ると、『婚約祝い』と書かれていて思わず放り出しそうになる。

「朝起きたら、玄関が箱の山でさ。何かと思えば、なぜか俺とお前が婚約したことになっているらしくて、祝いの品が続々と届いてた。上倉には恐れ多くて行けないって言って、丹波に皆持ってくるんだよ。しょうがないから母さんがお前に半分渡せって。持ち切れないから良さそうなのを持ってきた。鯛が山ほどあって腐りそうなんだよな」

宏光くんは、まるでいつも通り。照れることも、動揺することもない。

「婚約だなんて、何でみんな飛躍するんだろう。恥ずかしいよね。本当にごめんね」

「別に恥ずかしくねえよ。補佐を許された時に、まあこういう噂が出るだろうなと思っていたし、言いたいやつは言わせておけばいい。放っておけばその内消える」

宏光くんはやっぱりすごいなあ。一人で動揺してバカみたいだ。恐らく宏光くんは私のことなんてどうでもいいと思っているんだろうな。

「――それに、お前にとって俺は『大事な人』なんだろう？　だったら別にいいだろ」

茶化すような笑みに、心の奥が大きく揺さぶられる。

そ、そういうちょっと意地悪な笑顔、初めて見た。

「恥ずかしいで思い出したが、お前ってたまにめちゃくちゃ恥ずかしいことをさらっと言うよな。大事とか、譲れないとか、そういう普通言わないような言葉」

「そっ、それは！　それは私が東京で友達が全然いなかったから、友達同士の付き合いがよくわからなくて……。言わないの⁉」

「普通な。でも俺は、素直でいいと思うぜ？　言われれば嬉しいし」

嬉しいという言葉に、耳まで熱くなるのを感じる。

宏光くんって基本ポーカーフェイスだから、時折感情を読み取れない時がある。でも嬉しいって思ってくれる時もあるんだと思ったら、無性に満たされた気持ちになる。

「……心から、大事だと思ってるよ？」

もっと嬉しくなってほしくて口にすると、宏光くんは私の頭を軽く小突く。

「俺もお前のこと、大事だ」

宏光くんはそう言って、照れ臭そうに顔を背ける。

これから、いろいろなことがあるだろう。もうすぐ夏休みも終わって新しい高校生活も始まるし、蔵も私たちに対立する二階の住人がどれほどいるのかわからないまま。

でも、不思議と怖くない。むしろ、わくわくしている。

「そういえば、指、大丈夫か？」

あの日、撫子さんを掻き集めたせいで私の手は血だらけだった。幸い深く切れたところはなくて、絆創膏をいくつも貼って対処している。そんな私の指先を取ろうと、宏光くんの手が重なりかけた。

――その瞬間。

私と宏光くんの間にぐさりと勢いよく刀が突き刺さる。

ちょ、ちょっとずれていたら刺さっていたんですけど！

しかも畳に穴が！

「おい丹波のガキ。こいつに気安く触るなよ」

「まだ触ってねえよ。ああ。何だよ蔵の鍵開けておくなよ」

「うるせえな。鍵はまだ閉まってるよ」

月下さんは人型を取り、宏光くんを睨みつけている。確かに蔵の鍵はまだ掛かっているはず。でも月下さんは二階の窓から出入りできることを思い出した。

そう思うと、あの日も？

ふと、悪夢を見た時に誰かが頭を撫でてくれたのを思い出す。あの時も蔵に鍵を掛けていた。——だとしたらあれは月下さん？

そう思った時に、ふわりと赤い着物が隣の部屋から侵入し、私の前で蘇芳さんになった。そういえば、蘇芳さんだけ近くの部屋で虫干しをしていたんだった。

宏光くんと月下さんの言い合いには参戦せず、蘇芳さんはどこで摘んだのか、持っていた白いかわいらしい花を、私にプレゼントしてくれた。

「君は、僕か月下を選んで恋に落ちるべきだよ」

唐突に告げられた蘇芳さんの言葉の意味が分からず、困惑する。

「恋って……、お互い死ぬんじゃなかったでしたっけ？」

「そうだね。僕は君なら常に喜んで、だよ。君と一緒に死ねたらもう最高だね。月下は人間なんてもってのほかなんて昔言ってたけど、でもどうやら君は別みたいだよ」

蘇芳さんがきょとんとしていた私を覗き込んで、無邪気に月下さんを指さす。

「わからないの？　月下はね、宏光にやきもちを焼いてるんだよ」

月下さんが、やきもち？　しばらく頭の中で反芻して考えていたけれど、いつまで考えても全然理解できない。まるで月下さんが私を気に入っている、みたいに聞こえるけれど、まさか天地がひっくり返ってもないだろう。

「あ、その顔、信じてないでしょ」

「はい。冗談にしか聞こえません。やめてください」

「冗談だと思っていてもいいけどねえ。とりあえず、君がまだ移ろいやすいものに恐怖を感じているなら、僕らを選んだほうがいい。僕らは少なくとも君が生きている間はずっと傍にいてあげられるよ。変化することもなく、永遠に愛してあげる」

永遠に。あまりに甘美に響くけれど、現実感はどこにもない。

「だから君は、僕か月下を選ぶべきだよ。家なんて断絶したっていい。君が死ぬ時、鍵さえ開けておいてくれたら付喪神たちは各々ここを出ていく。それでいいよ」

蘇芳さんが甘く囁いた瞬間、私からべりっと引き離された。そこには不機嫌そうな顔をした月下さんが蘇芳さんの首元を摑んで仁王立ちしていた。

「蘇芳、てめえこいつに色目使うなよ。バカだろ。一遍壊してやろうか？」

月下さんは、蘇芳さんを前後にガクガクと揺らす。やきもち、という言葉が不意に頭の中に浮かんで来て、いやいやまさかね、と頭を振る。

「いい機会だな。オレが丹波と蘇芳を成敗してやるよ」

月下さんが宏光くんと蘇芳さんを引きずって、奥の部屋に行ってしまった。心配になったけれど、すぐに「宏光！　僕が月下を押さえているから早くくすぐって！」という声がして、ほどなくして月下さんが壊れたように笑っている声が響いて来た。いつもクールな月下さんが一体どうなっているのか想像がつかなくて、見てはいけないものかもしれないと思ったけれど、好奇心に勝てずに腰を浮かせる。その時、ちょうど宏光くんが戻って来てしまって、慌てて座り直した。

「あいつら絞めておいた。ったく、自分が人間だと勘違いしてるんじゃねえの？」

言葉通り、蘇芳さんと月下さんの騒ぎ声が聞こえなくなって苦笑いする。

「でも飽きないな。面白い」

「そうだね、楽しいよ」

「……結花といると」

「え？」

尋ね返した私に、宏光くんは照れ臭そうにふいっと顔を逸らす。

「わ、私も楽しいよ。ひ、宏光くんといるとすっごく！」

思わず叫んだ私に、宏光くんが声を上げて笑ってくれた。

慌ただしいけれど、何気ない一日。それが堪らなく愛おしい。

あと数日で夏休みが終わり、高校生活が始まる。もちろんものすごく不安だけれど、宏光くんや環がいればきっと楽しいものになるだろう。そして高校から帰って来たら、付喪神たちが笑って私を出迎えてくれるはず。

もう一人じゃない。

縁側から風が吹いて、草の匂いが私を包む。

そうして手に持っていた白い花を、絆創膏が沢山貼られた指先でくるくると回した。

あとがき

『上倉家のあやかし同居人』をお読みいただきまして、ありがとうございます。梅谷（うめたに）百（もも）です。

幼い頃から、『物にも命が宿るものだ』と感じていました。徐々に大人になるにつれ、薄れていく考えだろうと高（たか）をくくっておりましたが、一向に薄れることなく私の思考を支配し続け、結果的に形になったのが、この『上倉家のあやかし同居人』という物語でした。

元々私は歴史が大好きで、その中で神様・妖怪ネタは避けて通れず、自然と身近なものになりました。中でも鳥山石燕（とりやませきえん）先生の『画図百鬼夜行全画集（がずひゃっきやこうぜんがしゅう）』は、私の愛読書の一つです。今までいろいろと作品を書かせていただきましたが、いつか書きたいなあと思っていた題材をこのように形にでき、そして今あとがきを書いていて、ようやく一つの区切りまでたどり着いたんだなと、ホッと胸を撫で下ろしております。

この物語を書くにあたり、担当様には何度も何度も相談に乗っていただき、心から感謝しております。担当様がいなければ、最後まで書くことができなかっただろうと思います。多大な感謝を込めて、心からお礼申し上げます。

そして素敵なイラストを描いて下さったMinoru様、本当にありがとうございます。可愛い付喪神たちに、まるで百鬼夜行のようだと胸が弾みっぱなしです。拡大コピーして部屋に貼ろうと画策しております（笑）。

個人的に大好きなものを詰め込んで完成したこの『上倉家のあやかし同居人』ですが、数ある書籍の中からお手に取っていただいて、とっても嬉しい限りです。読者様のおかげでこうやって小説を書けるのだと日々強く感じ、心から感謝しています。

いつも歴史だ城だ、神社だ寺だと喚いている私を生温かい目で見守って下さっている家族、友人の皆様方、なにより上倉家のモデルにさせていただいた親戚の方々、ご先祖様、この場を借りてまとめてお礼申し上げます。

頭の中では結花や宏光、上倉家の付喪神たちが、今宵も蔵でどんちゃん騒ぎをしています。その様子をまたどこかで披露できればいいなあ、なんて。

あなたの手元にあるこの本が、いつか付喪神として命を得ますように。

それではまたお会いできたら幸せです。

梅谷　百

参考文献

『室町時代物語大成』第9 たま-てん 横山重、松本隆信編纂（角川書店）
『付喪神絵巻』（国会国立デジタルコレクション）
『妖怪学の基礎知識』小松和彦編・著（角川学芸出版）
『鳥山石燕 画図百鬼夜行全画集』鳥山石燕著（角川ソフィア文庫）
『地図とあらすじで読む 日本の妖怪伝説』志村有弘著（青春出版社）
『住まいのかたち 暮らしのならい』大阪市立住まいのミュージアム編（平凡社）
『花の日本語』山下景子著（幻冬舎）

梅谷　百　著作リスト

上倉家のあやかし同居人　〜見習い鍵守と、ふしぎの蔵のつくも神〜（メディアワークス文庫）
夏恋　ビター編　4つのラブ・コレクション（魔法のiらんど文庫）
妄想ジャンキー［上］（同）

妄想ジャンキー［下］（同）
キミノ名ヲ。①（同）
キミノ名ヲ。②（同）
キミノ名ヲ。③（同）
キミノ名ヲ。④（同）
キミノ名ヲ。⑤（同）
その罪に、くちづけを。（同）
ラブ❤サイエンス！　～理系男子と上手に恋する方法～（同）
花色ハツコイ。
花色ハツコイ。～Ache for you～（同）
花色ハツコイ。～Eternal Promise～（同）
キミノ名ヲ。①（魔法のiらんど単行本）
キミノ名ヲ。②（同）
キミノ名ヲ。③（同）
キミノ名ヲ。④（同）
キミノ名ヲ。⑤（同）
キミノ名ヲ。⑥（同）
禁断の時間（同）
花しらべの宴　二世結びの姫と紅の約束（一迅社文庫アイリス）

本書は書き下ろしです。

メディアワークス文庫

上倉家のあやかし同居人

～見習い鍵守と、ふしぎの蔵のつくも神～

梅谷 百

発行 2016年8月25日 初版発行

発行者 塚田正晃
発行所 株式会社KADOKAWA
〒102-8177 東京都千代田区富士見2-13-3
プロデュース アスキー・メディアワークス
〒102-8584 東京都千代田区富士見1-8-19
電話03-5216-8399（編集）
電話03-3238-1854（営業）
装丁者 渡辺宏一（有限会社ニイナナニイゴオ）
印刷・製本 旭印刷株式会社

ISBN978-4-04-892340-8 C0193

メディアワークス文庫 http://mwbunko.com/
株式会社KADOKAWA http://www.kadokawa.co.jp/

本書に対するご意見、ご感想をお寄せください。

あて先
〒102-8584 東京都千代田区富士見1-8-19 アスキー・メディアワークス
メディアワークス文庫編集部
「梅谷 百先生」係

◇◇メディアワークス文庫

神様の御用人6

浅葉なつ

何やら思惑のありそうな孝太郎に連れられて、東京へとやって来た良彦と黄金。有名な祟り神の御用を紐解くうちに見えてきたのは、ある人物が心に秘めた思いがけない過去だった──。

あ-5-10
462

七日間の幽霊、八日目の彼女

五十嵐雄策

ちょっとした不注意で事故に遭い、入院することになったぼくの前に現れた女の子は、ぼくの〝彼女〟だと自己紹介してくれた。でも、ぼくには彼女はいなかったはずで──。これは、夏を繰り返す彼女とぼくの恋の物語。

い-7-2
460

カミサマ探偵のおしながき

佐原菜月

居酒屋に居着く酔っ払い・コトハ。その正体は「葛城の一言主の大神」の成れの果て。御神酒代わりのビールと焼酎を振る舞えば、どんな依頼も解決する探偵さん？　お気楽な神様と苦労人の店主が織りなす、季節の料理と日常の謎をどうぞ。

さ-3-2
455

御霊セラピスト印旛相模の世直し研修

東京リバーサイドワンダー

浅生 楽

見習いセラピストの女子大生印旛相模が研修に派遣された都立精神地理学研究所。しかしそこで彼女が出会ったのは、平将門の幽霊（イケメン）だった!?　東京の街を舞台に繰り広げられる、世直し人情物語。

あ-6-5
456

お仕事ガール！

朝戸 夜

頑張り屋だけど、どこかツイてない時子。会社が倒産し途方に暮れていた。彼氏からは放置され気味、心の拠り所もない。そんな時、人材急募の情報が。でも、そこは因縁のある〝おたふく商事〟。しかも、なぜか受付嬢で!?

あ-12-2
457